Para sempre

Susanna Tamaro

Para sempre

Tradução
Mario Fondelli

1ª edição

Rio de Janeiro-RJ / Campinas-SP, 2012

VERUS editora

Editora: Raïssa Castro
Coordenadora Editorial: Ana Paula Gomes
Copidesque: Maria Lúcia A. Maier
Revisão: Anna Carolina G. de Souza
Capa e Projeto Gráfico: André S. Tavares da Silva
Foto da capa: © Taiga / Shutterstock Images

Título original: *Per sempre*

ISBN: 978-85-7686-157-7

Verus Editora Ltda.
Rua Benedicto Aristides Ribeiro, 55, Jd. Santa Genebra II, Campinas/SP, 13084-753
Fone/Fax: (19) 3249-0001 | www.veruseditora.com.br

CIP-BRASIL. CATALOGAÇÃO NA FONTE
SINDICATO NACIONAL DOS EDITORES DE LIVROS, RJ

T155p

Tamaro, Susanna, 1957-
Para sempre / Susanna Tamaro ; tradução Mario Fondelli. - 1.ed. - Campinas, SP : Verus, 2012.
21 cm

Tradução de: Per sempre
ISBN 978-85-7686-157-7

1. Romance italiano. I. Fondelli, Mario. II. Título.

12-1743 CDD: 853
CDU: 821.131.3-3

Revisado conforme o novo acordo ortográfico

Deus doou à terra o sopro que a alimenta.
O seu respiro dá vida a todas as coisas.
E, se ele segurasse o sopro, tudo se aniquilaria.
Este sopro vibra em você, na sua voz.
É o sopro de Deus que você respira e nem sabe.

– Teófilo de Antioquia

Um

Estou aqui em cima e recebo os que sobem a montanha.

Alguns têm uma meta, outros simplesmente ficam vagando pelos bosques. Há muitos caminhos para subir, o que passa por aqui é apenas um deles, talvez o mais ameno. Alguns visitantes passam sem nem mesmo olhar para mim, outros param, curiosos.

– Que lugar é este? Um abrigo, um hotel-fazenda?

Não entendem.

– Preciso pagar alguma coisa? – perguntam, se além da água também lhes ofereço uma taça de vinho.

– É presente do anfitrião – respondo.

Uns sorriem, tentam entender; outros bebem apressados e se afastam sem olhar para trás, como que perseguidos por um perigo invisível.

Às vezes, no entanto, as pessoas voltam. Não pela montanha, mas por causa desse lugar onde arde o fogo. São poucos os que admitem que voltaram de propósito, e então inventam desculpas:

– Passei pelas redondezas, por acaso... Estava procurando cogumelos aqui perto... Queria subir pela outra encosta, mas errei o caminho...

A maioria daqueles que voltam são os que aceitaram a água e o vinho com um sorriso. Os que fugiram reaparecem muito menos e, quando o fazem, passam mais tempo tentando se justificar. Um deles chegou a ser agressivo:

– Não tenho tempo a perder, ora essa!

– E por que veio, então? – respondi. – Aqui o tempo não passa.

Outros, por sua vez, chegam e logo despejam em cima de mim tudo que guardam no coração.

– Console-me, padre – disse certa vez uma mulher, depois que me contou sua história.

– Não sou padre – respondi.

Ela se levantou de repente.

– Então por que lhe contei todas essas coisas?

– Não sei.

– Não me surpreenderia se também fosse um vigarista! – berrou, saindo.

– E o que a senhora esperava que eu fosse? – respondi, mas minhas palavras ricochetearam nas tábuas da porta, batida com força.

Muitas vezes, no verão, quem vê as ovelhas pergunta:

– O senhor vende queijo? Do bom, feito como antigamente?

– Não sei se é do bom, mas se quiser posso lhe dar um pedacinho para experimentar.

Ficam decepcionados quando digo que só o faço para consumo próprio. Para compensar, ofereço-lhes um naco para que levem para casa.

– Está bem, mas quero pagar – muitos respondem.

– Não é preciso.

– Faço questão.

– Está bem, se isso o deixa mais feliz...

– Quer dizer, então, que o senhor não é pastor.

– Quando estou com as ovelhas, sou pastor.

– Entendo, mas não vive disso.

– Quando como queijo, vivo disso.

– E o que faz quando não banca o pastor? Qual é o seu trabalho?

– Produzo as coisas de que preciso para sobreviver.

– Só isso? – comentam, pasmos. – Mas esse não é um trabalho de verdade!

Alguns sorriem:

– Sorte sua! Como eu gostaria de viver aqui em cima também!

Quando se vive fora do mundo, é fácil atrair as fantasias das pessoas mais frágeis.

No início havia um aposentado que vinha bastante aqui. Chegava com o passo apressado e falava igualmente rápido. Não me cumprimentava nem entrava em minha casa. Logo que me via, começava a gritar:

– Conheço as pessoas do seu tipo, o senhor é um pervertido que mora aqui em cima só para organizar suas orgias! Mas eu não caio nessa, de jeito nenhum. Porque só mesmo um porco para morar isolado. Os homens normais têm mulher, filhos, não ficam entocados no bosque à espera de vítimas! Devia ter vergonha, seu tarado! – berrava, e então desaparecia novamente na floresta, acompanhado pelo demônio de sua obsessão.

No começo eu não conseguia aceitar essa insistente necessidade de encontrar uma definição. Você não existe se não houver um adjetivo, um nome que o ajude a se colocar, a se enquadrar em algum lugar. Mas acabei me acostumando, compreendi que essa forma de classificação faz parte da natureza humana. Se eu souber quem você é, saberei como me comportar com você, mas, se você for um homem sem vínculos e sem um papel definido na vida, já não saberei o que pensar. Você não passa de nudez, e se apresenta como nudez. E a nudez provoca escândalo.

Todos nós temos uma definição que nos permite existir, e esse rótulo é a nossa tábua de salvação. Graças a ele navegamos pelo tumulto dos dias, graças a ele conseguimos chegar ao estuário sem enlouquecer.

Dois

QUERIDA NORA, ONTEM HOUVE A PRIMEIRA GRANDE NEVASCA.

De tarde saí e fui até o bosque. Com a neve tudo muda, a natureza fica mergulhada numa espécie de estupor. Até o barulho mais próximo parece vir de longe. Mais que os ruídos, o que de repente se torna manifesto são os ecos e toda a misteriosa vida de seus habitantes. Ali duas lebres correram uma atrás da outra, mais para lá estão as marcas de um esquilo, sob aquele pinheiro uma marta parou e inverteu o rumo de sua marcha.

Há rastros por todo canto, os rastros dos animais e os meus. Por um momento, eu ontem imaginei que ao lado dos meus também estivessem os seus.

Você se lembra de nossa primeira grande excursão pelos montes? Havíamos fincado a barraca – uma pesada barraca checa comprada com minhas economias – num planalto logo abaixo das encostas dos cumes. À nossa volta havia pinheiros resinosos e uma grande extensão de rododendros. Era setembro. Em vez de dormir, passamos a noite conversando. O céu estava extraordinariamente límpido, com a lua cheia pairando sobre nós. Quando começou a alvorecer, você quis sair. Tivera a impressão de ter ouvido o grito de uma águia e não queria perder a oportunidade de ver a primeira águia da sua vida.

Eu fui atrás, nós nos sentamos numa pedra. A ave de rapina apareceu quase no mesmo instante. Na luz cristalina daquela gélida alvorada, volteava com suas grandes asas abertas, repetindo vez por outra o seu chamado. Então, de repente, aproveitando uma corrente ascensional, subiu rapidamente até se tornar bem pequena e desaparecer. Naquele momento você me abraçou com força, o nariz congelado, as mãos frias, com os primeiros raios que apareciam atrás dos picos, gloriosos em seu esplendor.

– O "para sempre" existe? – você me perguntou.

Eu a apertei contra mim ainda com mais força. Sob a camada de suéteres, casacos e roupas impermeáveis, pude sentir o calor e a vida de seu corpo franzino.

– Só existe o "para sempre" – eu lhe respondi.

A noite aqui em cima é uma tinta preta que tudo devora, as árvores desaparecem, desaparece o horizonte do vale, assim como o estábulo, o trenó, a paliçada da horta. Somem as formas e os ruídos mudam. Os pintarroxos, os melros, as pegas e as gralhas procuram refúgio entre os galhos gelados. Na palha do aprisco, os cordeiros se espremem junto das mães, já sem balir; só o respiro os mantém unidos – duas nuvenzinhas de vapor – e um sopro leve também emana de sua pele, fumega no ar como o solo de março, quando a neve se derrete e o céu aquece todas as coisas. A noite tem seus próprios habitantes, e são habitantes sem rosto. O insistente chamado do mocho, a voz aguda da coruja. Ao longe, de vez em quando, ouve-se o solitário uivar dos lobos, entremeado com o regougo seco das raposas perto das casas. Quando, então, a escuridão se dissolve, no chão gelado ecoa o tropel dos veados e seu vigoroso bramido que pressagia o acasalamento.

Logo que a alvorada começa a tingir o céu com suas cores, esquento a água no fogão a lenha e, com o cântaro quente nas mãos, vou até o aprisco. As ovelhas ainda estão todas encolhidas na palha, uma ao lado da outra, para se aquecerem. Vivem comigo há muitos anos e cada uma tem um nome, reconhecem a minha voz mesmo de longe e respondem a meu chamado com suaves balidos. As crias – o pelo ainda cândido – descansam enroscadas entre as patas das mães, dando-lhes leves golpes com o focinho, e elas retribuem lambendo-lhes a cabeça. Mais tarde, quando eu abrir a porta, os pequeninos rolarão para fora e brincarão desenfreados, subindo e descendo de um carrinho virado no meio do curral.

Descongelo a água dura como pedra do bebedouro com a que trouxe de casa e encho de comida a manjedoura. Ainda estão sonolentas e não parecem estar muito interessadas. Sento-me então no banquinho da ordenha e fico algum tempo ali, ao lado delas, em silêncio.

Em algum lugar, por entre a palha, chispa um rato, e um pássaro de cauda vermelha, trêmulo de frio, pousa na janela. Os vidros são chapas de gelo, e meu sopro, assim como o das ovelhas, forma nuvens de vapor.

Ficar aqui com os animais me dá uma imensa paz. Entre palha e calor, reina uma sensação de carinho e confiança.

Talvez eu nunca lhe tenha dito, mas ficar com os animais foi o meu primeiro desejo, ainda criança.

– Quando eu crescer, vou ter um estábulo! – disse um dia aos meus pais.

Um silêncio inesperado tomou conta do lugar. Normalmente os meninos desejam carros, aviões, ou então sonham com façanhas heroicas.

– Você quer ser lavrador?! – perguntou meu pai, pasmo.

Mamãe ficou olhando para mim, perplexa:

– Está pensando em criar gado?

– Isso mesmo, vou ter uma vaca e um bezerro, e ovelhas também.

Meus pais nunca voltaram a tocar no assunto, e eu também não, levando em conta o pouco entusiasmo que minhas palavras haviam suscitado. Limitei-me a guardar meu desejo no silêncio de meu coração.

Não lhes contei que certo dia, zanzando de bicicleta nos arredores da casa de meus avós, só por curiosidade entrara no que parecia uma ruína e, inesperadamente, ficara diante de uma vaca. Devia ter parido havia poucas horas; aos seus pés, com os olhos ainda incrédulos e sonhadores de quem vem de outro mundo, jazia um bezerrinho. Ao me ver, a mãe soltara um rumoroso sopro pelo nariz, quase a dizer: "Fique longe de mim, deixe meu filhote em paz. Pode observá-lo, mas não toque nele". Não havia ameaça em seu olhar, antes, orgulho, majestade, determinação. Tinha o nariz úmido, os olhos – negros, reluzentes, profundos – ostentavam longas pestanas.

Só estávamos nós três lá dentro, mas era como se os nossos três olhares estivessem abarcando todo o universo, como se por um instante os fragmentos de minha vida tivessem se recomposto.

Havia estupor, maravilha e força.

Havia troca, participação e calor.

Havia perguntas e respostas, todas reunidas num único sopro.

Por isso, na ingenuidade dos meus dez anos, ao voltar para casa, eu proclamara triunfalmente que um dia teria um estábulo.

Quantas coisas de mim não lhe contei! Éramos tão jovens, tão cheios de entusiasmo pelo tempo que estávamos vivendo! Havia o presente – o tempo do nosso amor – e o futuro, que seria o que nos anos vindouros construiríamos juntos: o trabalho, a casa, as crianças, inspirados pelo ideal de deixarmos o mundo melhor do que o tínhamos encontrado. Tudo que acontecera antes não tinha a menor importância, tínhamos certeza de que nossa paixão e nosso amor superariam qualquer obstáculo.

Você gostava de comparar nossa vida ao fluir da água.

– Agora somos um riacho de montanha – dizia –, corremos impetuosos saltando de pedra em pedra, formando corredeiras, o barulho de nossos corpos preenche o ar desde os picos até o vale. Algum dia, no entanto, nos tornaremos rios de planície – calmos, cheios, preguiçosos –, e já não faremos barulho, a não ser o farfalhar produzido pelo vento ao acariciar as folhas dos salgueiros chorões de nossas margens.

– Isso não vai ser chato? – eu perguntava.

– Não, será apenas natural.

Então, muitas vezes, na cama, com os olhos fixos no teto, brincávamos de "Que rio você quer ser?".

– Quer ser o Dora Báltea? – eu perguntava, e você esperneava, livrando-se dos cobertores e gritando:

– Não! Nada de Dora Báltea, nem pensar!

Esse rio lhe parecia modesto demais, muito pequeno, e, além disso, você detestava a ideia de acabar no Po.

– Não quero ser um afluente – dizia –, quero ser um rio que desemboca diretamente no mar.

A sua paixão era o rio Amazonas. Passava horas descrevendo-me a extraordinária fauna que podia ver em seu caminho: borboletas, araras e os botos-cor-de-rosa que remontavam ao longo de seu curso.

Deixava-a alegremente horrorizada, por sua vez, a minha vontade de ser o Volga.

– Como é que pode? Lá só há estepes, neve e grandes blocos de gelo!

Aí você me cutucava:

– Talvez seja porque você é o homem de gelo.

– Você prefere um rio africano? – eu respondia, abraçando-a.

Só uma vez, quando lhe propus o Timavo,* você ficou zangada.

– O Timavo? Pode tirar essa ideia da cabeça! É um rio do Carso. Não gosto das coisas que somem.

– Nem eu. Está com medo de que eu também possa desaparecer?

– Talvez, porque eu sou muito chata – você respondeu, soltando uma gargalhada.

– Quem vai ficar cheia, um dia, é você – eu sabia, com efeito, que era desprovido de imaginação.

---

* Rio que nasce na Eslovênia. De repente, ele mergulha numa voragem e some, para reaparecer quarenta quilômetros depois, com três nascentes na Itália. (N. do T.)

– Todos os homens são chatos – você bufava. – Estamos cansados de saber, desde os tempos de Adão. E quanto mais envelhecem, mais aborrecidos se tornam.

– E então?

– Nunca vou deixar que se torne chato.

– E se, aos domingos, eu ficar ouvindo o jogo no rádio de pilha, enquanto caminhamos de mãos dadas?

– Aí fugirei para bem longe, não serei rio, e sim fumaça. Um belo dia você vai acordar e, no meu lugar, encontrará um leito vazio.

Nos longos invernos de solidão muitas vezes me perguntei como seria o mundo à minha volta se ainda fosse visto pelos seus olhos. Quando eu dizia "sou um homem chato", eu estava falando a verdade. Para mim você era como o encantador de serpentes, bastava tocar para eu sair da cesta. Sem a sua música, no entanto, meus pensamentos tornavam-se tão limitados como os de um réptil.

A sua imaginação tinha a capacidade de tornar maravilhoso até o acontecimento mais banal. Eu, ao contrário, sempre tive um olhar frio, inquiridor. Em vez de construir a realidade, prefiro mergulhar nela de cabeça, cavar, ir adiante seguindo meu faro, para tentar descobrir o que se esconde atrás da banalidade de todos os dias. Por isso mesmo, acredito que fui um bom médico. E por isso, talvez, até nesse retiro solitário, nunca estou realmente sozinho, os pensamentos me fazem companhia, dissecando as coisas com a determinação meticulosa de um entomólogo.

Entre uma e outra árvore vislumbro, lá no vale, a noite dos homens. Algumas casas se empoleiram nas encostas dos montes: pequenas luzes que brilham no escuro, cortadas às vezes pelos faróis dos carros. Mais em baixo as luzes ficam mais numerosas, misturando-se com as dos lampiões. Poucos são os ruídos que, da noite dos homens, chegam até aqui. Uma buzinada, uma freada, o eco distante de algum sino. Durante o inverno, eu poderia distinguir os dias da semana apenas pelos barulhos que me alcançam. Por cinco dias o zunido descontínuo dos automóveis para ao escurecer, na sexta e no sábado, por sua vez, o barulho aumenta depois do jantar – com surtos repentinos de estrondos solitários – até o reaparecer da alvorada. Apertadas no mesmo carro, as pessoas rumam para as discotecas e para os pontos de encontro na planície. A diversão agora parece ser o único imperativo das horas de lazer.

Falta um mês para o Natal. Daqui de cima posso ver o grande cometa erguido sobre a rua principal da aldeia e todo o corolário de lâmpadas brancas que o antecedem e acompanham para juntá-lo às demais estrelas. Um variado cortejo de luzes também borda as casas, os bangalôs, as granjas. Abetos lampejam no escuro como semáforos enlouquecidos ao lado de meros arbustos, roseirais ou macieiras enfeitadas de luminárias. Quem não tem árvores drapeja de luz as sacadas, as varandas, os balcões. Tudo que normalmente fica envolvido numa escuridão discreta, nessas noites brilha, iluminando o espaço ao seu redor.

Quando a noite começa a devorar a tarde, as pessoas de repente descobrem que estão com saudade da luz, e então os vales e as colinas se transformam no sinal dessa falta. Luzes cada vez mais mirabolantes, mais espalhafatosas transformam a comedida atmosfera do inverno no alegre cenário de uma festa.

O que se festeja? Ninguém sabe mais, ninguém se lembra.

Mais que uma festa, parece uma forma de resistência. Resiste-se ao escuro, luta-se contra aquela noite misteriosa que está no fundo de cada um de nós, contra as trevas que, cedo ou tarde, nos esperam.

É fácil, nos dias de primavera ou verão, desterrar esse fantasma para os extremos confins. Tudo é luminoso. Mas, quando o sol se afasta e a escuridão chega com seus dedos gelados, quando aqueles dedos nos tocam e nos forçam a lembrar nossa fragilidade, tudo se torna mais difícil. Somos tão frágeis quanto bolas de cristal, qualquer batida basta para nos transformar em estilhaços. Quanto tempo é preciso, depois, para que essas lascas voltem a ser a linda esfera iridescente? Nenhum tempo por nós conhecido, pois fragmento algum é capaz de voltar a ser forma. A luz torna-se então nossa companheira, nossa amiga, nosso antídoto. Ficaremos com ela até as tardes se tornarem timidamente mais claras, até os pássaros, quebrando o silêncio invernal, enchere novamente o ar com gorjeios carregados de brincadeiras amorosas.

Três

Já faz quinze anos que moro aqui. Passei por essas bandas por acaso, durante um passeio, e fiquei apaixonado pelo lugar. Ao vê-lo, não pude deixar de pensar que você também iria gostar. Aqui poderíamos ser rios, como você queria, ficar sentados num gramado, cercados de todos os netos que você imaginara. Havia os escombros do que devia ter sido um abrigo de pastores. Três paredes de pedra, já sem teto, com chapas metálicas em volta, resquícios de fogueiras, tábuas chamuscadas e algumas garrafas vazias.

Voltando ao vale, me informei acerca da propriedade. Pertencia a um idoso aposentado que não via a hora de encontrar alguém interessado em comprar aquelas ruínas distantes.

Restaurar a casa não foi fácil. Uma vez firmado o contrato, fui tomado por uma sensação de desânimo: mais que uma morada, era um amontoado de pedras – entre os restos do telhado caídos no interior crescia uma maranha de mata espinhenta e, no meio, também urtiga. Ao entrar, como se já não bastasse, ouvi o inconfundível sopro de uma víbora, mas já não era possível voltar atrás.

Livrando-me pouco a pouco dos escombros, percebi que quando o homem abandona sua casa, logo a seguir seu lugar é ocupado por aquilo que pica, que fere, que mata.

O matagal espinhento, a urtiga, a víbora.

Por que motivo os escombros não são invadidos por prímulas e madressilvas? Por que, em lugar das víboras, não se aninham ali lebres e marmotas?

Onde o homem para, a natureza mostra na mesma hora seu lado mais hostil – seja numa ruína, seja num pasto ou numa lavoura, o que cresce e retoma posse do espaço é sempre algo que guarda em si o princípio da prepotência.

Nos anos seguintes confirmei essa intuição. Se você parar ou se distrair, a natureza avança e conquista, devora todas as coisas. O idílio que você imaginava enquanto estava sentado em sua casa, na cidade, se desintegra logo que se dá conta de que o verdadeiro rosto dela não é a benevolência, mas a cegueira.

Parar e distrair-se significa sucumbir.

Depois de desarraigar o matagal, de arrancar as urtigas e expulsar a víbora, veio um amigo arquiteto que me ajudou na obra de edificação. Aparecia ao alvorecer com sua caminhonete e descarregava o material. Dava as ordens e eu obedecia. Trabalhávamos o dia inteiro sem muita conversa. O sonho romântico de fazer tudo sozinho se esvaíra logo que tentei botar pedra sobre pedra sem deixá-las desmoronar. Nunca fui uma pessoa habilidosa com as mãos, como você bem sabe. Diante do mais simples problema de hidráulica ou mecânica fico entregue a uma sensação de completa impotência.

Contudo, para minha grande satisfação, consegui construir o aprisco sozinho, tábua a tábua – algumas um pouco tortas, outras mais retinhas –, delimitando-o até com um belo cercado para que as ovelhas saíssem nos dias de inverno.

Depois de acabar o aprisco, capinei e lavrei a terra, extirpando todo o matagal do grande pasto perto do bosque. Considerando meu fracasso como pedreiro, também receava meu fracasso como agricultor. Sempre fui um homem da cidade, cresci entre os livros e curei as pessoas, mas nunca me interessara em saber como cuidar dos gerânios que minha mãe tinha na varanda. Vez por outra, à noite, ficava entregue à uma enorme aflição. Como poderia me sustentar só com o trabalho de minhas mãos? Seria possível que eu tivesse tomado decisões apressadas num momento de loucura e orgulho?

Mas, longe disso, logo que segurei uma pá e uma enxada percebi que tudo estava misteriosamente guardado dentro de mim. Sabia ouvir a terra – úmida, menos úmida, seca, barrenta – e lavrá-la conforme suas necessidades, podia ouvir a minúscula voz das sementes e o vínculo secreto que as ligava às estrelas. Sabia qual era a hora certa para enterrá-las e do que precisavam as plantinhas recém-nascidas – de água ou de abrigo do sol ou do gelo, de um olhar atento capaz de intuir tudo aquilo que poderia prejudicá-las.

Você mal chegou a conhecer minha mãe, e sempre por meio do filtro opaco de minhas fracas palavras. Em relação a meus avós maternos, acho que você os viu uma única vez, no dia do nosso apressado casamento. Estavam na primeira fila, sem jeito, comovidos, com o rosto consumido pelas demasiadas estações passadas sob o sol.

No fim da cerimônia, apertada numa capa pequena, com as mãos ásperas, minha avó segurou as suas e a beijou, dizendo:

– Deus a abençoe, minha filha.

Ainda me lembro de seu olhar surpreso, sarcástico. Aquelas palavras, aquela figura pareciam-lhe provavelmente saídas do livro *Coração*.

Meus avós passaram a maior parte da vida sendo meeiros, conseguindo mais tarde comprar o sítio e se tornando agricultores donos da própria terra. Meus bisavós também foram meeiros. Minha mãe foi a primeira da família a ir para a escola. Cursava a escola normal, e muitas vezes chego a pensar que no fundo se envergonhava dos pais. Não tinha a menor saudade do campo, detestava as moscas, a poeira, os cheiros fortes. Manter o apartamento limpo e arrumado como uma pequena joia era uma soberana tarefa de sua vida.

Quando eu ficava com meus avós, no verão, ela permanecia na cidade, com meu pai, e só aparecia aos domingos. Meus avós eram um tanto taciturnos e não passavam muito tempo comigo. Sentado na velha bicicleta de minha avó, com o queixo que mal chegava a encostar no guidão, eu circulava sem destino pelos campos. Pedalava inseguro, sem saber na verdade para onde ir. De vez em quando parava e me deitava na grama. Passava assim tardes inteiras, a olhar as nuvens no céu, nuvens-dragão e nuvens-elefante, nuvens-navio e nuvens-cavalo, nuvens-cordeiro e nuvens-ponto de interrogação.

Quando ficava cansado de olhar para cima, virava os olhos para baixo, para a grama que me cercava: havia minúsculas formigas que carregavam pesos enormes; gafanhotos que, dando um pulo, mostravam inesperadas asas azuis ou vermelhas; besouros de couraça quitinosa que brilhavam como esmeraldas; abelhas aveludadas como ursinhos de pelúcia que mergulhavam com zunidos de felicidade nas flores de malva.

O mundo debaixo não era menos maravilhoso que o de cima, muito pelo contrário. Olhando para o céu, com efeito, eu era forçado a usar a imaginação – sem o nome que lhes atribuía, as nuvens não passariam de amontoados de vapor –, ao passo que o que eu via à minha volta não parava de me surpreender, por sua variedade e complexidade.

De onde vinham as formigas, quem as inventara? Quem decidira que tinham de ser formigas?

Por que, além das abelhas, havia vespas? A existência daqueles bichos maiores era realmente necessária?

Como era possível que aquelas larvas, brancas, gorduchas e atarracadas, que eu encontrava sob a superfície, cutucando com um pauzinho, se tornassem mais tarde os esplêndidos besouros que voavam com os élitros refletindo o sol?

Como podiam se transformar? Foi o vovô quem me contou, mas eu podia acreditar?

Ademais, se os vermes podiam se tornar voadores encouraçados, no que então eu poderia me transformar?

Transformação: seria esta a lei do mundo?

Quando eu levava para casa a carcaça de algum animal morto encontrado em minhas andanças, o vovô a examinava e sentenciava:

– Foi a fuinha... Foi a doninha... Foi o falcão... Foi a raposa – dependendo da parte do corpo que faltava, ele sabia quem dera a primeira mordida, a primeira bicada, quem fora o primeiro a afundar suas garras; aquela mordida, no entanto, era só o primeiro toque de corneta que convocava os demais ao banquete, porque quem matara só guardava para si uma parte da presa – depois dele aparecia a multidão infinita dos comensais, as larvas das moscas, os coleópteros necrófagos, os insetos decompositores.

Se a transformação era aquela, dizia a mim mesmo, qual era o sentido dos nossos dias? Tornar-se um banquete? Permitir que uma miríade de seres minúsculos pudesse viver na fartura?

Ou haveria outro tipo de transformação que tinha a ver com a gente?

Na horta, o vovô esmagava pequenos pontinhos amarelos nas folhas de repolho; quando, no entanto, esquecia um deles, dentro de poucos dias se transformavam em novelos de lagartas que, depois de mais algum tempo, se tornavam borboletas.

Aqueles pontinhos eram borboletas antes de serem borboletas.

E eu, antes de ser eu, o que era, onde estava?

E meu pai, minha mãe, e todas as pessoas que eu via à minha volta?

Nós também havíamos sido pontinhos, arriscando-nos a ser esmagados?

Os insetos, porém – pelo menos pelo que eu sabia –, não sonhavam, não pensavam, não tinham a capacidade de imaginar o futuro. Procuravam o que podia alimentá-los, outro com quem pudessem se acasalar, nada mais do que isso. Os besouros eram todos parecidos, nenhum se chamava Mário ou Sílvio, e o mesmo valia para os moscardos, enquanto eu era diferente do meu pai, assim como meu pai era diferente do dele, e os meus filhos, algum dia, seriam diferentes de mim.

Qual era a origem daquela parte invisível?

Era como uma camisa que vestíamos na hora de nascer, ou, ao contrário, já estávamos em algum lugar arrumadinhos em nossa camisa abotoada, quem sabe até juntos naquela nuvem-ponto de interrogação? E quando os necrófagos e as larvas começassem a usar as mandíbulas, onde acabaríamos nós, de camisa engomada e tudo o mais?

Certa vez meu pai me levou a um concerto. Antes de entrarmos na sala, entregamos os sobretudos a uma moça que, em troca, nos deu um número.

Era assim que funcionava?

No fim tínhamos de entregar a camisa a alguém que controlava em que condições a devolvíamos? Umas estavam cheias de buracos, outras, puídas, gastas, sujas, e outras mais mostravam-se impecáveis, bem passadas, como se tivessem saído naquela mesma hora da loja.

Haveria eventualmente uma multa, como quando quebramos algo que não nos pertence?

E a camisa, afinal, era ou não era nossa?

E, no caso de ser nossa, por que não éramos livres para fazer dela o que bem entendêssemos?

Aqueles verões passados circulando a esmo pelos campos, sem ter de explicar a ninguém como empregava meu tempo, foram minha primeira pausa para pensar. Na cidade, eu tinha de ir ao colégio, fazer as tarefas, acompanhar minha mãe a enfadonhos chás com as amigas, sair com meu pai para resolver mil pequenos problemas. Estava constantemente oprimido entre ter de ser e ter de fazer, de forma que não me sobrava tempo para as elucubrações que, como multidão impaciente, acotovelavam-se em minha mente.

No verão dos meus nove anos, pouco antes de voltar à cidade, capturei uma linda borboleta. Tinha grandes asas, longa cauda e uma libré amarela e preta com alguns pontos vermelhos. Segurando-a triunfalmente entre os dedos, corri para a cozinha para mostrá-la a meus avós. Que decepção descobrir que todo o charme daquela criatura ficara impresso em minhas mãos! Sua magnificência não passava de pó luminoso – diante dos meus olhos debatia-se agora um insetozinho cinzento que, dali a pouco, morreria. Caí no choro.

– O que houve? Você se machucou? – perguntou minha avó, sem tirar os olhos das panelas.

Saí correndo, sem responder. Alguém enfiara um prego em meu coração e agora se divertia a revirá-lo, procurando o lugar onde provocasse mais dor.

A beleza também não passava de uma frágil forma de aparência; destruí-la era a coisa mais fácil do mundo.

Naquela mesma noite, durante o jantar, enquanto a sopa fumegava nos pratos, perguntei ao vovô:

– Por que a gente vive?

Ele ficou um tempo olhando para mim, perplexo. Aí, com a voz grave – aquela que eu tão raramente ouvia –, disse:

– Para fazer as coisas, para fazê-las direito. Pelos animais, pelos campos...

– Coma logo, que vai esfriar – acrescentou minha avó, e o silêncio tomou novamente conta do aposento.

As mariposas entravam em casa pela janela aberta. Algumas eram minúsculas, outras, gigantescas, voavam enlouquecidas, caíam nos pratos e, com as asas molhadas, tentavam levantar-se de novo, mergulhavam nos copos, na jarra de água, afogavam-se chapinhando na botija de vinho. Vez por outra algumas se lançavam até contra a chama da vela.

O crepitar daquela minúscula fogueira me parecia, naquele momento, o único barulho verdadeiro no mundo.

Quatro

Às vezes me surpreendi pensando que aquilo que nos uniu de forma tão marcante, desde o começo, foi de algum modo a condição dos nossos pais. O meu, deficiente visual – naquele tempo dizia-se simplesmente cego –, e o seu, ausente, ou melhor, reduzido apenas à mera sigla NC. Isso foi uma das primeiras coisas que você me contou, durante nossas conversas iniciais. Acabara de me dizer que sua mãe era professora.

– E seu pai? – perguntei, sem a menor malícia.

– Desconhecido – você respondeu, num tom levemente agressivo. – Isso muda alguma coisa?

– Não muda nada.

– Então – você prosseguiu –, de agora em diante, nunca mais o mencione, esse tal de desconhecido.

No dia seguinte, com discrição, eu lhe contei da cegueira do meu pai e de como, nos últimos anos, nosso relacionamento vinha piorando.

Enquanto você tinha de lidar com uma ausência, eu tinha de lidar com uma excessiva presença.

Houve dois barulhos que acompanharam minha infância. O tiquetaquear do pedal da máquina de costura da minha mãe e o do cajado do meu pai. Não raro, se sobrepunham – *tum tum tum tum, tique tique tique tique, tum tum tum tum, tique tique tique tique* –, às vezes eclipsados pelo lúgubre lamento de algum navio que deixava o porto de Ancona.

Obviamente, meu pai poderia perfeitamente ter andado pela casa sem o auxílio do cajado, o apartamento era pequeno e os móveis estavam sempre no mesmo lugar, mas como era um homem de poucas palavras, usava aquele ruído para nos dizer continuamente onde estava e o que estava fazendo.

Daquela casa em Ancona ainda me lembro da mesa azul de fórmica, na cozinha, o orgulho da minha mãe.

– É de fórmica – repetia às vizinhas quando vinham nos visitar, mencionando as relativas virtudes e vantagens.

Além da fórmica – na qual eu mal me atrevia a encostar a mão, achando que era composta por um número infinito de formigas –, o outro orgulho da casa era o Moplèn.* Parece que ainda posso vê-la na varanda, abanando toda prosa uma bacia azul e proclamando em voz alta:

– É Moplèn! – para suscitar a admiração das comadres.

O sintético – o arauto da modernidade – tinha definitivamente entrado em nossa vida. Um aparelho de televisão também acabara de ocupar seu espaço, primeiro numas poucas casas, aí num número cada vez maior de habitações, até tornar-se em poucos anos uma indispensável parte da família. No começo não podíamos ter um aparelho nosso, e, mesmo que pudéssemos, mamãe decidiu não o ter por uma questão de delicadeza em relação a meu pai.

– O que é essa tal de tevê de que todos falam? – perguntou certo dia meu pai, à mesa. – As pessoas se acotovelam no

---

* Marca registrada de um plástico à base de polipropileno. (N. do T.)

bar para vê-la, e o som é tão alto que dá para ouvir na rua inteira.

– É como um rádio – foi a resposta de minha mãe, enquanto cortava o frango –, mas muito maior e tem um vidro na frente. Parece um aquário, e lá dentro há pessoas que se movimentam e falam.

– Como numa gaiola?

– De certa forma, sim.

– Que idiotice! Não seria melhor vê-las livres? Além do mais, por que motivo decidem fechar-se lá dentro?

– Também dá para ver os caubóis – tentei então explicar timidamente, numa espécie de sussurro, mas ninguém prestou atenção.

Então, constrangida por imaginar nós dois diante da telinha enquanto ele perambulava inquieto pela casa – ou talvez apavorada com a ideia de ele perguntar a todo instante "e agora? O que está acontecendo agora?" –, minha mãe desistiu daquele fetiche que a essa altura a maioria das suas amigas já possuía.

Tínhamos o rádio, e isso já devia bastar. Toda noite ficávamos em religioso silêncio na pequena sala, diante do mastodôntico aparelho, para ouvir o jornal, ou então, depois do jantar, a apresentação de alguma novela ou concertos de música clássica.

– Ouça! – dizia meu pai. – Ouça, que isso vai lhe trazer cultura!

Algumas vezes, no entanto, com a desculpa dos deveres escolares e de que a mamãe precisava me ajudar, íamos para o meu quarto, deixando-o sozinho na cozinha. Com uns copos funcionando como alto-falantes, grudávamos o ouvido na parede para ouvir, da tevê dos vizinhos, os programas então de maior audiência: *Il Musichiere* ou *Lascia o raddoppia*. Ritual que eu repetia em completa solidão, de tarde, quando ouvia os alegres toques de trompete que anunciavam a programação infanto-juvenil da *TV dei ragazzi*.

Aquelas noites que passávamos juntos, a linguagem de olhares e sinais que minha mãe e eu havíamos inventado para guardar nosso segredo ficaram em minha memória como os raros – para não dizer os únicos – momentos de afetuosa ternura entre nós.

Só me dei conta de que nossa família não era como as outras quando, com seis anos, chegou a hora de eu ir para a escola. Até então acreditara que todos os pais trovejassem a seus filhos:

– Ouçam! –, enquanto as mães iam de um lado para o outro arrumando a casa. Os pais ouviam e as mães viam. Era esse o equilíbrio que regia o mundo.

Meu pai não nasceu cego, isso aconteceu quando ele tinha catorze anos, em virtude dos estilhaços de uma bomba. A mesma bomba que matou sua amada irmã, cujo corpo despedaçado foi a última imagem impressa em sua retina de garoto.

Por várias gerações sua família morou em Zara, a avó era filha de pequenos proprietários de terra, e o avô era médico municipal. Na hora do bombardeio, o pai de meu pai, meu avô, já havia sido morto pelos guerrilheiros, e por essa razão a família deixou o campo e se mudou para a cidade. Ao saírem dos escombros fumegantes, foram socorridos pela Cruz Vermelha e então enviados de navio para a Itália. Naquele tempo não havia psicólogos, psicofármacos e centros de apoio que pudessem ajudar: o que acontecia com você era assunto só seu, o destino era seu e você tinha de se virar.

– A essa altura você deveria tentar um transplante – alguém lhe sugerira nos últimos anos de vida. – Dois olhos novos para ver o mundo...

Mas ele, aborrecido, agitara a mão diante do rosto, como se estivesse afugentando uma mosca que o incomodava.

– Sempre há um motivo, para todas as coisas.

Era uma das frases que mais gostava de repetir.

Conforme eu crescia, procurei entender o que podia ter acontecido em sua mente, em seu coração – perder a casa, os afetos mais queridos, o mundo que conhecera, com catorze anos, e mergulhar nas trevas, sabendo que aquela escuridão seria uma prisão da qual nunca poderia fugir. O escuro fora imediato, total, eu me perguntava, uma demão de tinta passada brutalmente sobre todos os cantos da memória, ou, ao contrário, as cores, os rostos, as paisagens ainda estavam ali, presentes com a mesma nitidez do olhar?

Se estavam ali, continuavam ali, ou então, como velhas fotos Polaroid embaçadas pela luz, acabavam sendo carcomidas pelas trevas que dançavam em volta?

E qual era o significado de saber que o rosto do pai, da mãe, a cor dos campos de trigo acariciados pelo vento estavam desaparecendo para sempre?

Onde reencontrá-los? Como parar? Onde se firmar?

São perguntas que muitas vezes fiz a mim mesmo, mas que nunca tive coragem de lhe fazer. Assim como nunca lhe perguntei sobre sua vida de antes, quando era um garoto como todos os demais, e não aquele diante do qual murmuravam: "Coitadinho".

Sozinho com sua mãe, meu pai se mudou para Ancona, onde, com muito esforço, conseguiu concluir o curso secundário. Quis frequentar a faculdade de direito, mas a situação econômica e suas limitações impediram-no de realizar esse desejo. Arrumou então um emprego como telefonista na prefeitura e, depois de um ano, acabou conhecendo minha mãe num ponto de ônibus.

– Qual é o número que está chegando?

– O quinze! – respondeu uma voz ao seu lado.

Meu pai gostou muito daquela voz e ofereceu o braço.

– Poderia fazer a gentileza de me acompanhar?

Envergonhada, minha mãe o ajudou a subir no ônibus. Ao descerem, ofereceu-se para acompanhá-lo até em casa.

No domingo seguinte foram dar um passeio em Numana. Diante do mar aberto, meu pai escancarou os braços e exclamou:

– Agora sim, sinto realmente o cheiro de casa!

Estava se referindo obviamente a Zara e às terras do outro lado do mar. Sentados na areia quente, no sol de maio, conversou com ela – pela primeira e única vez – sobre sua infância, e, duas semanas mais tarde, pediu-lhe a mão em casamento.

– Sim – respondeu minha mãe, depois de uma breve hesitação.

Meu pai era um belo homem, alto, forte, com traços marcados e regulares, enquanto de minha mãe se podia dizer tudo, menos que fosse atraente – era uma daquelas pessoas fadadas a bancar o pano de fundo nos bailes. Até seu nome era banal, Gina, e tinha o rosto marcado pela acne.

Certa vez, durante um fim de ano em que tomara uns copos a mais, meu pai voltara àquele primeiro encontro que acontecera num passado distante.

– Pois é! Logo que seus lábios pronunciaram o número do ônibus, o quinze, percebi que era uma graça, e que certamente eu não podia deixar escapar uma gracinha como ela!

Minha mãe ficou vermelha e, para disfarçar a vergonha, decidiu limpar a boca com o guardanapo.

Nos anos da adolescência – quando qualquer coisa nos enoja –, muitas vezes senti vergonha dos meus pais, e, em silêncio ou em voz alta, joguei muitas coisas na cara deles. Ela o desposou por pena, eu dizia a mim mesmo, para ter uma casa quentinha e tigelas Moplèn, ele só ficou com ela para ter uma empregada em tempo integral sem precisar pagar. Na loucura daquela idade, convencera-me de que era filho de uma mera e banal conveniência, e que o coito do qual nasci não passava de triste cumprimento de contrato. Só naquele fim de ano – um dos últimos deles –, tive como presente o prazer de ver despedaçada a estupidez de meus pensamentos. Eu fora concebido por amor, e até então nem percebera.

Cinco

No inverno, por estas bandas, os dias custam a passar, quase ninguém aparece. Tenho um pequeno rádio que se carrega com a luz do sol, presente de uma amável mulher que parou para conversar comigo no verão passado. Não me fazia falta, mas recusá-lo teria sido um gesto de verdadeira grosseria, de forma que aquela pequena caixa preta ficou por meses a fio esquecida numa prateleira da cozinha.

Então, neste outono, depois de vários dias de chuva incessante, decidi ligar o aparelho. A primeira impressão foi como uma ferida: dois animadores, com tons exagerados, só falavam besteiras. Quando pararam para uma pausa musical, mudei de estação, mas nem por isso me dei melhor, e então, depois de mais umas tentativas, desliguei. Tinha a claríssima sensação de que alguém me segurara pelos ombros e me dera umas sacudidas violentas. Toda a minha energia, todos os meus pensamentos estavam abalados.

Tive de ficar um bom tempo respirando fundo, ouvindo o reconfortante tique-taque do relógio de parede, até conseguir me acalmar. Respiração, crepitar do fogo, regularidade do tempo. Só levei mais uns poucos minutos para voltar a ser eu mesmo.

Nos dias seguintes aprendi a domesticá-lo. Agora sei quando ligá-lo e qual emissora escolher. Em vez de me deixar atropelar por aquela enchente de animação perturbadora, fico a par do que acontece no mundo. Não sempre, não todos os dias – só quando meu coração está bastante forte para suportar a dor.

Já me perguntei várias vezes se a solidão exaspera a sensibilidade ou se escolhemos a solidão porque estamos exasperados pela sensibilidade.

Nunca encontrei uma resposta.

Quando eu era criança, costumava chorar com a maior facilidade.

Não chorava de insatisfação, de manha. Chorava porque via a dor e não conseguia aceitá-la.

Chorava diante de um mendigo, diante de uma velha toda torta que cambaleava apoiada na bengala. Era sacudido pelos soluços diante do corpo agonizante de um gatinho já atacado por larvas e moscas. Chorava, e aquele pranto era uma coisa escondida, tinha vergonha de minha sensibilidade excessiva. Olhava em volta e via que ninguém mais chorava, e então, além da vergonha, também experimentava uma extraordinária sensação de solidão. O que eu via era algo que os outros nem reparavam, o olhar deles parava na forma – o pobre coitado, a velha, o gato agonizante. A pergunta escondida atrás daquelas criaturas nem parecia passar pelos seus pensamentos.

– Não é de espantar, Gina – ouvira certa vez dizer à minha mãe uma antiga colega que viera visitá-la, – com um pai desses é normal que não seja como os demais... Não é a primeira vez que vejo meninos assim...

– Assim como?
– Frágeis. Mais frágeis do que os outros. Frágeis demais.

Frágil!

Até então eu só tinha ligado essa palavra às caixas que continham objetos que se quebravam com facilidade. Nunca passara pela minha cabeça que eu pudesse ter algum tipo de relação com o vidro, que eu também pudesse ser um lustre de Murano ou um copo de cristal – algo que, em resumo, pudesse se quebrar em mil pedaços.

Eu era realmente frágil?

Pois bem, acho que sim.

Essa fragilidade devia-se de fato a meu pai?

Nunca encontrei uma resposta.

Meu pai era um homem forte e rijo. Se não fosse pela limitação da cegueira, teria literalmente revirado o mundo. Não era a pessoa dele, e sim sua condição que me levara a ter um nível diferente de sensibilidade – sua condição e também seu passado. A morte violenta do pai e da irmã, a perda de tudo e a cegueira deviam ter deixado alguma marca em seu DNA, e aquela marca – devastadora – passara para mim; porque não é somente a cor dos olhos ou a forma do nariz que se transfere de pai para filho, mas também, provavelmente, todo sofrimento, loucura e destruição vividos pelas gerações anteriores. No que me diz respeito, poderia dizer que tenho os olhos verdes, o nariz grande e reto do meu avô, e que em mim também se abriga uma boa parte dos horrores do século passado.

Além da hereditariedade genética, no entanto, também houve provavelmente o fato de viver ao lado dele, o aprender a ouvir, a cheirar, coisas que as demais crianças não sabiam fazer. Quando íamos para o campo, na casa de meus avós, passeávamos pelo bosque e ele dizia:

– Está sentindo, Matteo? Uma raposa acabou de passar por aqui...

Ou então:

– Preste atenção, há javalis aqui por perto, e estão com suas crias...

Pois é, quando estávamos juntos, papai e eu éramos como dois perdigueiros, cheirávamos, escutávamos. Ele era o macho alfa, e eu, a sua cria. Ele ensinava e eu aprendia. Então, em minha fragilidade, provavelmente também havia isto: não se deixar enganar pela visão. A visão seduz com sua aparência de certeza. Você vê as coisas e fica convencido de que a realidade é só aquela, não faz perguntas, não quer saber mais porque se contenta com aquilo que vê.

– Quem vê não vê coisa alguma – costumava dizer meu pai.

Quando ainda era criança, eu achava que era apenas uma frase de efeito, quase uma piada, mas, crescendo, compreendi que meu pai não estava brincando. Ele via coisas que ninguém mais sabia ou podia ver. Cheirava, escutava, tocava. Onde muitos outros se enganavam, ele enxergava a verdade. Não era possível fingir diante dele, nem mentir. Não era possível ser diferente do que a gente realmente é.

Às vezes, quando ando sozinho pelo bosque – e o bosque é o bosque do outono, com os dedos aduncos dos galhos nus que se espicham para nos agarrar –, volta amiúde à minha memória a fábula do Pequeno Polegar. Ainda que na verdade eu detestasse os contos infantis – morria de medo dos ogros, das bruxas, dos lobos –, minha mãe costumava lê-los para mim, talvez porque acreditasse que isso fazia parte de suas obrigações maternais. Está se lembrando da história? O Pequeno Polegar é levado para longe de casa pelos pais, mas ele quer voltar, então, durante o percurso, deixa atrás de si um rastro de pedrinhas brancas. Serão justamente essas pedrinhas que lhe permitirão voltar.

Agora, enquanto a neve chia sob a sola de minhas botas, fico muitas vezes pensando: onde se meteram as minhas pedrinhas? Onde ficou o rastro que, do modesto apartamento de Ancona, me levou a morar aqui, nas montanhas? Não é um rastro linear, e talvez nem seja claramente visível. Se eu dependesse dele para voltar atrás, provavelmente perderia o rumo inúmeras vezes. Por que, prosseguindo no caminho, fiquei tantas vezes perdido nos meus dias? Avançava ou, antes, rodava sobre mim mesmo, me enroscava? E quem traçava o caminho ao longo do qual eu deixava cair as pedras? Eu mesmo o escolhia, como acreditava com firmeza quando comecei minha marcha, ou, junto comigo, ao meu lado, havia maís alguém brincando?

Foi esse brincalhão que fez com que nos encontrássemos?

O destino?

Houve um trecho em que as nossas pedrinhas caíram uma ao lado da outra, com regularidade. Eu dava um passo e você dava outro do mesmo tamanho. Eu esperava e você me alcançava, você esperava e eu a alcançava. Acreditávamos poder seguir em frente daquele jeito para sempre. No entanto, agora ando pelo bosque e minhas pegadas são pegadas solitárias. Ninguém caminha ao meu lado, ninguém me segue ou antecede. Uma tesoura desceu e cortou as linhas que nos mantinham unidos.

Seis

SABE-SE LÁ SE, DESDE O MOMENTO EM QUE VIEMOS AO MUNDO, estávamos destinados a nos encontrar. Nascidos no mesmo hospital, com um intervalo de poucos meses – você bem no meio do verão, eu já no inverno –, crescemos separados apenas por algumas paradas de ônibus, talvez tenhamos até participado da mesma corrida campestre, e mesmo assim continuamos sendo completos estranhos até os dezoito anos de idade.

O que teria acontecido se, naquele dia, não tivéssemos sentados juntos na mesma assembleia, se, a certa altura, você não tivesse suspirado: "Que chatice mortal", e eu não tivesse murmurado: "Concordo"?

Era um dia muito frio, soprava um vento gelado e de nossa boca saíam nuvens de vapor. Fomos até um bar e eu lhe ofereci um *cappuccino* e um pedaço de bolo. Você falava toda animada, atônita. Havia calor em tudo o que dizia, e eu ouvia, compenetrado, mais fascinado pela luz de seus olhos do que por suas palavras.

Levei-a ao ponto de ônibus, e você, ao subir, quando as portas já estavam se fechando, virou-se e disse:

– Nora, meu nome é Nora.

– Matteo! – gritei, correndo, mas receio que você só tenha visto meus lábios, que se mexiam como os de um peixe.

O que teria acontecido se naquele dia eu não tivesse ido à assembleia, ou se você não tivesse aparecido, ou se tivesse se sentado em outro lugar? Iria encontrá-la em alguma outra ocasião, um mês, um ano mais tarde? Os nossos nomes, os nossos destinos já estavam de qualquer maneira atados por um nó indissolúvel, ou, pelo contrário, eram mutuamente substituíveis? Você acabaria encontrando um Giuseppe ou um Luca, e eu, uma Giovanna ou uma Maria, que estaria esperando por mim na esquina? Teríamos sido felizes, infelizes, moderadamente infelizes, iríamos ter outras casas, outros filhos, outros sogros?

Não sei.

Só sei que a partir do momento em que, naquele bar, você caiu na gargalhada dizendo: "Devo estar parecendo um boneco de neve", porque, com um respiro, o açúcar de confeiteiro do bolo se espalhara pelo seu rosto, alguma coisa profunda mudou em mim. Não era o coração, não era a mente. Dentro de mim criara-se um espaço novo que antes não existia. Até então, no lugar daquele espaço havia um vazio. Um vazio irrequieto, sedento, que pedia uma presença.

E aquela presença era você.

Talvez a lei do amor não seja tão diferente das leis da meteorologia. Assim como o ar tende sempre a passar de uma área de alta pressão para uma de baixa, da mesma forma cria-se em nós, de repente, esse vazio. E é um vazio que atrai o vento. Uma brisa leve, se a diferença de pressão for pequena. Um verdadeiro tufão se, ao contrário, ela for grande.

Quando o ônibus desapareceu no fim da rua, percebi que nada seria como antes. O seu nome estava dentro de mim e ecoava naquele aposento vazio, e o nome obcecadamente pronunciado em minha mente não era muito diferente dos chamados dos caçadores. *Noranoranora*, ficava repetindo a todo momento durante o dia. *Noranoranora* era o mantra com que tentava capturar a sua presença.

– O amor é isso? – eu me perguntava, enquanto andava na rua. Esse sentir-se subitamente leve e pesado ao mesmo tempo? Quando pensava nos seus olhos, nos seus lábios, imaginando quando poderia beijá-los, sentia-me leve, eufórico, mas só de pensar que isso talvez nunca fosse acontecer, tinha a impressão de pesar dez toneladas.

Quem me garantia que você já não estivesse namorando alguém?

Você era bonita, atraente, cheia de luz. Os galanteadores deviam esvoaçar à sua volta como abelhas atraídas pelas flores de alfazema.

E mesmo que não estivesse comprometida, quem me garantia que olharia para mim, que eu não seria apenas mais um dentre muitos? Eu tinha o meu mundo, os meus pensamentos, e neles não havia qualquer fantasia, qualquer excentricidade que pudesse despertar seu interesse. Não tinha habilidade para nenhum esporte, e tampouco possuía qualquer paixão política. Mais que fazer a revolução, naquele tempo, eu pensava apenas em sobreviver à tristeza suscitada em mim pelos meus pais. Queria me tornar adulto, queria ser livre, fugir para bem longe daquele apartamento, que mais parecia uma bomboneira, daqueles almoços, daqueles jantares, daqueles domingos que não deixavam espaço para as minhas inquietações.

Meu pai começou a mudar quando eu estava com mais ou menos doze anos. Era como se sua energia, até então solar, estivesse se apagando, se esvaindo. O mundo em que era forçado a viver, o tédio de um trabalho do qual não gostava, a falta de amigos, a desconfiança provocada pelo receio de as pessoas verem mais sua deficiência do que a ele mesmo, empurravam-no cada vez mais para uma terra desolada onde ninguém podia alcançá-lo.

Passava cada vez mais tempo sozinho. Muitas vezes eu o via, depois do trabalho, sentado num banco no parque do Passetto, com a bengala preta e branca entre as pernas e uma expressão melancólica no rosto. Nunca tive coragem de chamá-lo, de dizer-lhe que eu estava ali.

Certa vez me contara que seu sonho, ainda criança, era navegar. Queria frequentar o Instituto Náutico e tornar-se capitão, pois não havia nada que ele amasse mais do que o mar. No verão levava uma cadeira para a varanda da cozinha e ficava ali horas a fio ouvindo o apito dos navios que entravam e saíam do porto. De vez em quando pedia que eu confirmasse suas intuições.

– É um petroleiro, não é?

Queria que eu o descrevesse – de que cor era, como se chamava, em que altura estava a linha de flutuação, isto é, se estava carregado ou não.

Quando, no entanto, chegava o navio da Adriatica Navigazione, só me pedia para olhar o relógio. Estava atrasado? Estava na hora? Talvez tivesse encontrado o mar agitado. O mar Adriático pode ocasionar tempestades terríveis, apesar de ser quase um lago. Aliás, talvez por isso mesmo, porque todas as energias das correntezas ficam espremidas entre as margens. Ouvia as gaivotas reais, naquela varanda, e prestava atenção em seus diferentes cantos; e se, por acaso, entre elas aparecesse um estorninho, logo levantava o dedo dizendo:

– Ouviu, Matteo? Há uma nova presença.

Nessa altura, vivia praticamente à beira-mar, ou nas terras escondidas logo além do horizonte, pensando em sua casa, nos lugares e nos afetos que lhe haviam sido arrancados tão brutalmente. A breve abertura para a vida da qual desfrutara com meu nascimento – havia um filho a criar, a educar, e aquele filhote era uma parte dele – estava se fechando.

Eu já começava a dar minhas voltas sozinho, a ser independente, a ter meus horários, meus ritmos – e a desejar que meus horários e ritmos fossem respeitados. Na inconsciência vital dos meus catorze anos, não me dava conta do sofrimento de meu pai. Atormentava-me durante horas com suas histórias sobre a vida no campo, de como, durante a vindima, pisoteara os cachos na grande tina e de como eram únicas as cerejas colhidas por aquelas bandas – "marascas", ele dizia –, justamente aquelas com as quais se fazia o marasquino famoso no mundo inteiro. Contava-me como pescava com o caniço no litoral, como o pai – o doutor – considerava o trabalho uma verdadeira missão, e como a irmã, que estudava canto, já aos catorze anos tinha voz de anjo.

Logo que começava a falar, mamãe se apressava a limpar a mesa e eu tentava timidamente dizer:

– Preciso fazer as tarefas da escola – mas era inútil, pois na mesma hora ele replicava:

– Você tem a tarde inteira para fazer isso.

Quanto a desaparecer de mansinho, nem pensar; logo que eu me mexia um centímetro na cadeira, meu pai dizia:

– O que está fazendo? Aonde está indo?

Naquela época – eu estava na segunda série do secundário –, ele tinha começado a levar a sério a hipótese de ter um cão. A associação dos cegos lhe oferecera um animal já treinado, uma fêmea de pastor alemão. Sabia até o nome dela, Laika. Certo dia chegou em casa segurando, triunfante, duas tigelas, uma para a água e outra para a comida.

Minha mãe, no entanto, foi irredutível.

– Um cão? Nunca! Você não precisa, o apartamento é muito pequeno, só trará sujeira e mau cheiro. E, além do mais, acharia bonito circular na rua com um cão com uma cruz nas costas? As pessoas logo pensariam: "E a mulher dele, está fazendo o quê? Será que não está dando conta do recado?" Se quiser ir a algum lugar, é só me pedir que eu mesma o levo.

Meu pai ensaiou uma fraca resistência, mas desistiu e voltou a se fechar em seu silêncio.

De quanta dor é feita nossa vida?

De quanta dor evitável?

Às vezes penso que na hora da morte não veremos correr diante dos olhos toda a nossa vida, como costumam dizer, mas somente uma parte dela: os gestos de amor que faltaram, as carícias que não foram feitas, a compreensão que não foi dada, a cara amarrada mantida por tempo demais, aquela teimosia que só se alimentava de si mesma.

Em seus últimos instantes de vida, tenho certeza disso, mamãe teria gostado de dar a meu pai um canil inteiro, mas era tarde demais.

Tarde demais.

Só quando envelhecemos nos damos conta da gravidade de certas palavras, e tudo aquilo que deixamos de ter – por leviandade, por superficialidade, por egoísmo, por pressa – começa a pesar em nosso coração, mas o tempo já passou e não há como voltar atrás.

Eu poderia ter tomado o partido do meu pai, ter feito com que ele ficasse com a cadela, poderia ter passado mais tempo com ele e com suas histórias; em vez de bufar, poderia ter-lhe feito perguntas, me colocado por um momento em seu lugar, em vez de continuar me debatendo no meu.

Ausentar-se. Não é essa, afinal, a maneira de fugir do "tarde demais"? Mas quando a gente acaba entendendo, a vida já está adiantada demais.

Adiantada demais.

Tarde demais.

Amargura demais.

Dor demais.

Demasiada dor que poderíamos ter evitado.

Sete

Com o passar do tempo, aprendi a reconhecer as pessoas pelos seus passos. Logo que as vejo surgir no limiar da clareira, percebo o peso da mochila que trazem nas costas. Claro, o fato de ter sido médico por tantos anos ajuda. Em cada pessoa vislumbro a anamnese – o que houve antes, o que poderá acontecer em seguida –, mas aqui em cima surgiu em mim algo diferente. Os longos meses de solidão, as noites silenciosas, a companhia única dos ruídos da natureza afinaram outro tipo de percepção.

Ouvindo as infelicidades das pessoas que vêm falar comigo, muitas vezes me pergunto se você gostaria do mundo de agora – esse mundo sempre apressado, sobrecarregado de coisas, prisioneiro de uma vulgaridade que conspurca todo respiro. Tenho certeza de que a primeira coisa a irritá-la seria sem dúvida o barulho. De todas as formas de violência, é a mais sutil, a mais devastadora.

Lembra-se de quando me dizia que temos de ensinar as crianças a ouvir?

– Se ensiná-las a ouvir, poderá ancorar ali alguma coisa. Mas, quando os ouvidos estão distraídos, então basta o mais tênue sopro de vento para levar tudo embora. O silêncio, que todos tanto receiam, na verdade não existe, cada ambiente tem sua própria voz – você dizia. – É preciso aprender a ouvir.

As crianças eram sua paixão.

– É com elas que precisamos recomeçar, se quisermos mudar o mundo – costumava dizer.

Você lia livros que, na época, para mim não faziam muito sentido. Lembro-me de um sobre gravidez. Para mim já bastava o que estava aprendendo nos textos de medicina, mas você insistia dizendo que tudo aquilo que eu estudava era apenas a casca, e o que realmente importava estava escondido por baixo. Segundo aquele livro, era preciso parir na água. Quando eu protestava dizendo que nem mesmo as focas faziam isso, você caía na gargalhada:

– Mas as focas não escrevem *A divina comédia*! Por que você é você, e eu sou eu? Já tentou responder a essa pergunta? Tudo acontece lá dentro, durante aqueles meses. As crianças escolhem os pais de que precisam para se desenvolver.

Eu falava de fisiologia, de genética, e você mencionava coisas de forma alguma mensuráveis. Eu considerava muitas de suas reflexões somente fruto de sua exorbitante fantasia. Você precisava construir sempre alguma coisa extraordinária sobre a realidade, e nem sempre eu conseguia acompanhá-la.

Só uma vez brigamos realmente de forma acirrada, está lembrada? Você fora passar alguns dias com sua mãe e eu aproveitara sua ausência para lhe fazer uma surpresa. Faltavam poucos meses para o nascimento de nosso primeiro filho, então eu decidira aprontar o quartinho, trabalhando com feliz entusiasmo.

Quando você voltou, abri a porta do cômodo cheio de orgulho, e você, em vez de se alegrar – como no meu entender deveria –, ficou subitamente pálida.

– Como é que você pôde? O que passou pela sua cabeça? – sibilou com os olhos transformados em finas fendas. – Como pôde fazer uma coisa dessas?

– Queria lhe fazer uma surpresa.

– O que deu em você? Que loucura é essa de pintar tudo de vermelho? Vermelho para o quarto do nosso filho! Você sabe para que serve o vermelho? Para excitar os touros! E sabe o que é? É a cor do sangue, a cor da violência! Ele vai abrir os olhos e só verá sangue à sua volta, sangue, sangue, porque aquele idiota do seu pai...

Eu a interrompi, furioso.

– Não admito que me trate desse jeito! Trabalhei três dias, queria fazer uma coisa bonita.

– Mas por que vermelho, por quê?

– Para não pintar de rosa ou azul, porque agora todos usam o vermelho, e também porque é alegre, divertido.

– Porque é alegre? Porque é alegre? – repetiu, com a voz alquebrada de pranto. – Porque é alegre! Quer dizer que a cor do sangue é alegre! Você não sabe de nada, não entende nada... – e deixou-se cair no chão, enroscando-se sobre si mesma.

– Quem não sabe de nada é você! – berrei, e saí do quarto batendo a porta.

Essa foi a única noite em que dormimos na mesma casa, em duas camas diferentes. Eu estava surpreso e ofendido pela sua reação, porque você não entendera minha boa vontade, meu desejo de fazê-la feliz. Você, por sua vez, estava entristecida por ter descoberto que seu marido – o pai do seu filho –, com a mente e com o coração, só conseguia chegar até certo ponto – a partir dali você estava sozinha, sabendo que naquela solidão teria de enfrentar seus fantasmas.

Na manhã seguinte acordei com o barulho. Você já estava no quarto da criança, de pé num banquinho, desmontando as prateleiras cor de fogo que com tanto amor eu havia montado.

Sentia-me constrangido, cheio de vergonha. Ainda estava zangada comigo? Alguma coisa se quebrara entre nós, alguma coisa que nunca mais poderia ser consertada?

Você se virou, segurando uma chave de fenda – seu rosto mostrava os sinais de uma noite insone –, e com um gesto pediu que eu me aproximasse, como se fosse uma rainha no trono concedendo uma audiência.

– Peça perdão a seu filho – disse, imperiosa, mas, ao falar, seus olhos sorriam. Então cheguei perto e beijei sua barriga.

– Perdão – falei, ensaiando de leve uma genuflexão.

– Perdoe seu pai que, como todos os homens, não entende uma porção de coisas... E que fará o possível para que você se torne melhor do que ele.

– Farei o possível – repeti – para que se torne melhor do que eu.

Mais tarde, saímos juntos para comprar outra cor. Depois de muita conversa – que acontecia principalmente na sua cabeça –, você escolheu um verde-claro, mas não desbotado.

– É a cor da grama na primavera – você disse –, quando a natureza desabrocha para a vida.

Quem escolheu o nome do nosso filho foi você. Você tinha certeza de que seria um menino, e meu pai, apoiando a mão em sua barriga, confirmou.

– Um menino, sim, sem dúvida um menino.

– David, vai se chamar David.

– É o nome de alguém da sua família? – perguntou minha mãe.

– Não – você respondeu. – É o nome de um rei. Nosso filho será um rei.

A gravidez prosseguiu sem nenhum problema. Eu estava muito mais ansioso que você.

– Cuidado com isso – eu dizia –, cuidado com aquilo, vamos fazer esse exame, ou então esse outro...

– Por que não se acalma? – você sugeria, bonachona.

– Porque estou a par de tudo o que pode acontecer – eu respondia.

Mas o próprio parto foi um passeio para você. Quis parir em casa, deixando-me aterrorizado.

– Por que acha então que escolhi um marido médico? – você me provocou.

– Médico sim, mas não obstetra.

– Também chamaremos uma parteira.

E assim foi. Não pariu na banheira, como queria, mas na cama. Nascer e morrer, repetia, é uma coisa que precisamos fazer no mesmo lugar. Você tinha horror a hospitais. Nunca aceitaria deixar que seu filho nascesse na frieza de uma lâmpada de néon, no meio do barulho, com todo aquele aço e gelo em volta. Mas a coisa que de fato você nunca toleraria seria ser separada quase que imediatamente da criança.

– Logo que o bebê nasce – você costumava dizer –, ele só precisa de uma coisa: do calor da mãe. Se ele não sentir esse calor, a primeira coisa que poderá pensar, com toda razão, é que o mundo é um lugar horrível, onde uma fera pode chegar a qualquer momento para tirá-lo do calor no qual cresceu. A fera são as mãos do enfermeiro, os banhinhos, os berços de matéria plástica, o choro desesperado ao qual ninguém responde. Se você estragar os primeiros dias, vai estragar a vida inteira.

Disso, você tinha certeza absoluta. A rachadura da ausência – era isso que tornava todos extraordinariamente frágeis, incapazes de se entregarem à plenitude do amor.

Muitas vezes, enquanto examinava os doentes internados no hospital, acabava pensando em suas palavras. No que se transformou a morte? Em algo diante do qual colocamos – quando colocamos – um biombo ou algo parecido para escondê-la. Tornou-se um fato obsceno, quase sempre consumado em absoluta solidão, após o qual você acaba sendo somente um número, um espaço a ser limpo, uma cama a ser arrumada, à espera de ser ocupada novamente por alguém que morra nela. A loucura dos nossos dias, afinal, também não tem a ver com isso? O que ilumina os nossos instantes mais íntimos, mais misteriosos, é o néon, e nessa luz fria triunfa a gélida eficiência da técnica.

Oito

Certa vez subiu até aqui uma jornalista. Um amigo lhe contara do homem que vivia solitário e ela decidira escrever uma matéria. Dizer sim é uma coisa que aprendi com a experiência dos anos e com o silêncio; toda ação, até a mais insignificante, pode guardar em si um pequeno mistério, uma semente na qual não reparamos, e que pode brotar graças à nossa aceitação.

Era uma mulher jovem e parecia bastante segura de si. Como todas as pessoas seguras, tinha certeza de saber quem eu era, e cada pergunta não passava de uma tentativa de me inserir num molde já previamente preparado para mim. No entanto, quanto mais a entrevista prosseguia, mais parecia ficar insatisfeita. Fazia perguntas indiscretas, e eu respondia falando da minha vida aqui em cima, do silêncio, das ovelhas, das coisas que eu havia descoberto. Também lhe contei que certo dia a minha gata, junto com suas crias, também amamentara um esquilo, e como aquele filho se tornara rapidamente o predileto.

– Não acredito em idílios – interrompeu-me, impaciente.

– E no que acredita?

– Na verdade.

– E o que é a verdade?

– A verdade é que o senhor esconde alguma coisa.

– Acha que sou um assassino?

– Não sei, de qualquer maneira, disfarça, dissimula. Há algo profundamente irritante no senhor.

– O que a incomoda?

– O fato de o senhor parecer ter certezas. Fala do "bem", do "belo", como se existissem...

– Quer dizer que, se tivesse um filho, não o acharia bonito?

Parou um instante, indecisa.

– Sim, acho que sim. Mas seria bonito para mim, um fato individual, digamos assim. O belo, como conceito absoluto, não existe.

– Acha então que o Absoluto não existe?

– É claro que não.

– E quem disse que não existe?

– A ciência tem uma explicação para tudo. E, se ainda não tiver, muito em breve acabará encontrando uma.

– A senhora sabe quando vai morrer?

– Não, mas isso não tem nada a ver. A não ser os condenados à morte, ninguém sabe.

– Pois é.

– Já faz um bom tempo que a antropologia explicou que acreditar naquilo que não se vê é uma necessidade das mentes primitivas. Desde as primeiras culturas humanas há testemunhos dessas formas de superstição, e a genética e a bioquímica deram fundamento científico a essas intuições. O que as pessoas acreditam estar fora delas, na verdade, está dentro: uma minúscula parte do cérebro feita para experimentar emoções fortes. Todas as visões dos santos poderiam ser facilmente explicadas e reproduzidas em laboratório.

Então eu a interrompi:

– A sua mãe ainda é viva?

Um lampejo de perplexidade passou pelo seu olhar; ela estava percorrendo um caminho explorado mil vezes, conhecia todas as subidas, todas as curvas, todas as descidas; conhecia, principalmente, o destino; nunca desconfiara que pudesse haver um desvio.

– Não, morreu há três anos.

– A senhora chorou?

– Claro que chorei, mas não há nada de estranho nisso. Todos choram quando a mãe morre.

– E isso não lhe diz nada?

– O que deveria dizer?

– Há uma parte do cérebro que explica isso também?

– Claro.

– Quer dizer que a dor que você sentia era mera química?

– O senhor não pode perguntar essas coisas.

– Por quê?

– Porque quem está entrevistando sou eu.

– Ora, as entrevistas são um diálogo. A senhora veio até aqui porque estava curiosa a meu respeito, não fui eu que pedi que viesse. Queria descobrir quem eu sou, se preparou direitinho, galgou a montanha e agora não aceita que eu não seja o que você esperava. Tenho a impressão de que a senhora percorre sempre o mesmo trecho da estrada; desde o momento em que entra, já sabe onde fica o pedágio, conhece a paisagem de cor, as casas, os edifícios, os campos, os galpões, tudo está lá, perfilado, demonstrando a correção do seu caminho. Os seus movimentos nunca levam em consideração o risco.

– Que risco?

– O de ficar surpresa.

– E por que deveria ficar surpresa?

– Porque, de repente, descobre que alguma coisa é diferente de como havia imaginado.

– O senhor está confirmando o que alguém já me disse.

– E o que é?

– Que o senhor é um sutil manipulador. Que usa o seu fascínio, a sua indiscutível dialética, para levar as pessoas aonde o senhor deseja. Por que faz isso? Pelo prazer do poder? Pela glória? Será que também promete milagres? O senhor já fez algum milagre?

– Todos podem fazer milagres.

Ela caiu na gargalhada, uma gargalhada fria, nervosa.

– Acha então que merece a fama que o cerca?

Suspirei.

– Sabe o que a Madre Teresa de Calcutá dizia a quem se aproximava dela para atacá-la? "Cada um raciocina segundo a podridão que tem dentro de si."

A jornalista apontou desafiadoramente os seus olhos para os meus. Seu olhar tinha o brilho opaco da cerâmica.

– E aposto que, obviamente, o senhor é imune à podridão. É perfeito demais, puro demais.

– Ao contrário, estou cheio dela até os cabelos. Não faço outra coisa a não ser lutar contra ela, desde o momento em que abro os olhos até fechá-los.

Ela sorriu, agitando uma cascata de caracóis ruivos.

– Desculpe, mas agora não estou entendendo mais nada. O senhor está aqui há tantos anos, e não é nem mesmo um santo?

Aí, com toda a calma, contei-lhe acerca dos jardins zen que vira no Japão, de todos aqueles seixos ordenadamente arrumados em cima do saibro e do fato de haver, entre todos os seixos, um que ficava sempre invisível, independentemente de que lugar se olhasse. Aquele seixo – invisível, mas presente – é a parte que sempre permanece obscura.

– E que parte seria essa?

– O mistério do nascimento. O mistério da morte. O mistério do mal que assola o tempo compreendido entre esses dois eventos. Ninguém sabe por que nasce, ninguém sabe quando morre, ninguém sabe por que o mal, como uma inevitável mancha de tinta, invade com a sua escuridão todos os cantos da criação.

Ela pareceu perplexa.

– O senhor também não sabe?

– É, também não sei.

A essa altura, foi a vez dela de suspirar.

– Isso confirma o que eu tinha intuído desde o começo. Há alguma coisa que não combina. Se o senhor também não tem respostas, se também está cheio de podridão, que diabos está fazendo aqui em cima? Para que viver tantos anos no gelo, na solidão, no desconforto, se esforçando para produzir uns nabos e um pouco de queijo, além disso sem uma companheira, sem fazer sexo, e ainda dizer que é feliz? Só pode ser uma piada!

Virei a pergunta dela do avesso.

– Por quê? Por acaso a senhora, que mora numa casa confortável, tem celular, internet, uma boa turma de amigos, comida farta e faz sexo à vontade, é feliz?

Seus olhos erraram por alguns momentos no vazio.

Naquela mesma hora a gata pulou em cima da mesa e, como uma rainha, deitou-se entre nós dois, ronronando.

– Não faço sexo à vontade – respondeu, com a voz grave.

– É casada?

– Não é isso, não encontro as pessoas com quem fazê-lo.

– E por que acha que deveria fazer sexo?

– Como diversão, para relaxar, porque ainda sou jovem, porque não fazer sexo faz mal à saúde, porque não sou moralista.

– Não seria melhor esperar até se apaixonar? – propus.

– O amor não existe. Só existem as convenções, e as convenções tornam as pessoas escravas.

Fez mais algumas perguntas quase a contragosto, sem nunca sorrir, aí guardou o gravador e o caderninho de notas na bolsa e concluiu:

– O senhor desempenha um papel, mas como censurá-lo? Eu faço o mesmo, só que o meu é mais confortável que o seu. Ao contrário do senhor, não tenho complexos de culpa e não procuro me punir. Tento tirar o melhor da vida porque sei que ela não passa de uma comédia, e no teatro é melhor ficar na primeira fila, não acha?

– Não, não acho – respondi, ajudando-a a vestir o pesado casaco. – Já é quase uma hora – acrescentei então –, por que não fica para almoçar? Posso preparar uns ovos de minhas galinhas. Ontem mesmo fiz o pão, e também tenho um vinho que dá para o gasto.

Ficou por um instante parada, indecisa: na cerâmica de seus olhos abrira-se uma pequena fenda.

– E então, fica? – insisti.

Suas pálpebras piscavam rapidamente.

– Não posso, tenho de estar em Milão ainda esta tarde. Numa outra ocasião, talvez.

– Quer dizer que vai voltar?

Em seu rosto apareceu um sorriso de menina extraordinariamente triste.

– Acho que já tenho bastante material para o meu artigo.

– Não poderia voltar por si mesma?

– Em nome de qual dos meus disfarces? – disse, sorrindo, e, com o passo só um pouco menos confiante do que quando chegara, desapareceu em direção ao vale.

Nove

Eu ainda queria conversar longamente com aquela mulher, sua alma estava tão cheia de dor. Um muro separava sua cabeça do coração. Não dá nem para contar as pessoas que vejo chegar aqui nas mesmas condições! Pessoas internamente fragmentadas, despedaçadas, com a cabeça cheia de pensamentos e o corpo vazio, inexistente, ou então protegido por uma couraça invisível– a couraça das ideias, de uma visão do mundo, de uma eficiência física que é pura aparência. Vez por outra aparecem homens que são verdadeiras catedrais de músculos: atravessam o gramado com passadas poderosas, mas, logo que ficam diante de mim, posso reconhecer em seus olhos um menino assustado.

Talvez, muitas vezes, esqueçamos cedo demais que dentro de nós sobrevive o homem primitivo, um homem cujas leis de sobrevivência não são muito diferentes daquelas dos macacos antropomorfos. Todo o mecanismo do nosso corpo nos diz isso. Somos feitos para fugir, para atacar, para tentar sobreviver a qualquer custo. Nesse sentido, somos criaturas relativamente simples, conhecemos o ambiente, seus possíveis riscos e, nesse pano de fundo, moldamos nossas reações. Mas o ambiente que nos cerca evoluiu muito mais rápido que nós, e talvez seja por isso que já não conseguimos manter o controle da situação. Por todo canto há estímulos estressantes que não somos biologicamente capazes de entender e, portanto, de dominar. Não podemos evitar a horrível sensação de estarmos eternamente entregues ao desconhecido – onde o desconhecido é a ameaça, a possibilidade de algum tipo de ataque capaz de subverter a estabilidade dos nossos dias. Os homens modernos se transformaram numa espécie de violino com as cordas esticadas ao máximo. As cordas são o sistema simpático – o responsável por transformar cada gesto, cada pensamento, na contração de um espasmo. Algumas pessoas, as mais sensíveis, se dão conta dele, e, quando chegam aqui, a primeira coisa que dizem é:

– Preciso mesmo é relaxar.

– Aqui não há hidromassagem – costumo dizer, brincando.

– Poderia ajudá-lo na horta, ou então levar as ovelhas para pastar...

O homem antigo nos presenteia com a intuição daquilo que pode servir para quebrar os grilhões de aço do sistema simpático: estar na terra, em contato com a terra, acompanhar as sementes em sua viagem, irrigar, extirpar, colher os frutos, proteger as ovelhas e os cordeiros no calor do aprisco.

– Estou me sentindo muito feliz – costumam dizer os hóspedes, depois de alguns dias vivendo assim, e, ao dizerem isso, também costumam suspirar. É o diafragma que se solta, que volta a se abrir para a comunicação entre a cabeça e o segundo cérebro, igualmente importante, o das entranhas. Em contato com suas raízes, o homem pode novamente existir em sua totalidade.

Não seria por isso que a maior parte dos seres humanos, quando se aposenta, não deseja outra coisa a não ser um pedacinho de terra?

A gente também teria feito a mesma coisa, não acha?

Quando tivemos de nos mudar para Roma em virtude de meu trabalho no hospital, você não gostou nem um pouco.

– O concreto me invade – dizia. – Com as veias cheias de cimento não consigo sonhar.

Por isso decidimos morar em Monteverde. Você só precisava de uns poucos minutos a pé para chegar à Villa Pamphili, para se desintoxicar dos venenos de que tanto receava.

No entanto, com o passar do tempo, você também aprendeu a apreciar o lado positivo da cidade grande, conheceu muitas pessoas, pessoas que tinham os mesmos interesses que você; não demoraria muito, estava certa disso, para que realizasse seu projeto de creche com que tanto sonhava.

Em certas tardes de verão, entretanto, quando o calor do asfalto subia até as janelas abertas – e com ele o barulho e o fedor dos carros –, você se apertava contra mim no sofá, fitando-me com os olhos assustados:

– Não vamos ficar aqui para sempre, não é?

Aí começávamos a fantasiar sobre a nossa vida futura, quando – com os filhos já crescidos e uma porção de netos – teríamos uma bela casa de campo para receber todos eles.

– Vou fazer geleias – você dizia –, cultivar flores e verduras e soltar no gramado coelhos brancos como os da Alice...

– E talvez algum dia eles comecem a falar.

– É claro que vão falar, assim como as galinhas.

Às vezes, durante as longas noites de inverno – aquelas noites que aqui começam às quatro da tarde –, tento imaginar como seu rosto ficaria com o avançar da idade. Cabelos grisalhos ou brancos, quantas rugas, quais? E o seu temperamento? Será que conseguiria manter o alegre frescor de sempre, ou então, a certa altura, alguma forma de decepção tomaria conta dele? Decepção com seu trabalho, decepção comigo, com seus filhos. Talvez, com o passar dos anos, eu também acabaria perdendo a capacidade de ficar ao seu lado – a rotina, as dificuldades da carreira, a esperada frieza que costuma acompanhar os homens me transformariam num marido como todos os outros, apressado, ausente, quem sabe ainda cheio de desejos e lástimas. Talvez, com cinquenta anos, por uma mensagem no celular, você acabasse descobrindo que a jovem enfermeira que me auxiliava se tornara a minha amante.

– Tudo já está escrito – você costumava repetir.

– E como é que você sabe? – eu perguntava, cético.

– Eu sei e ponto – você respondia, dando de ombros.

Éramos jovens, mergulhados na praticidade da vida; eu mais que você, em virtude de meu temperamento e de meu trabalho. De vez em quando você me deixava vislumbrar algum lampejo, e aquele lampejo reverberava dentro de mim provocando uma indecifrável inquietação.

– Por que está me dizendo isso? O que está vendo que eu não vejo?

– Um dia você vai entender – você respondia, enigmática.

Será que você já estava vendo aquele dia?

Mas, se o via, por que não mudou o programa, por que não disse "vamos ficar em casa, vamos lá numa outra ocasião"?

Por que, quando acontece algo irreparável, não se faz outra coisa a não ser pensar que se podia evitar?

Se eu tivesse virado à direita, e não à esquerda... Se tivesse ficado dormindo na cama... Se não tivesse atendido aquele telefonema...

Sobre toda tragédia cai uma chuvarada de "se", e esses "ses" tornam-se a mochila de pedras que quem assistiu à tragédia carregará para sempre nos ombros. Passando por cima de todos os "ses" – como agarrando uma corda lançada para nos salvar –, percebemos que depois de um "se" há sempre outro, e mais outro ainda. Esticamos a mão achando que é o último e sempre encontramos muitos outros. Então, no fim, antes de ficarmos exaustos, precisamos nos render. O único "se" válido, o que encera em si todos os demais, é somente um.

Se eu nunca tivesse nascido.

Se naquele domingo de novembro estivesse chovendo, em vez de haver sol, teríamos ficado em casa.

O mesmo teria acontecido se David estivesse com febre, ou então eu.

Poderia até acontecer que alguém, naquela noite, roubasse o meu carro.

Longe disso, o carro esperava por nós, fiel, diante de casa.

Se não tivéssemos feito amor naquele exato dia, você não teria ficado novamente grávida.

Se você não estivesse mais uma vez esperando uma criança, não teria sentido a necessidade de ter um carro só seu.

Se não tivesse aquela amiga com a qual frequentara o curso na escola steineriana, nunca teria passado pela sua cabeça querer aquele modelo de carro – um Renault 4 – que ela também tinha.

– Vou precisar de um carro quando tiver a creche – você dizia para me convencer, já que me parecia mais certo comprar um automóvel à prestação na revendedora perto de casa. – E além do mais – acrescentava –, para que jogar dinheiro fora com um carro novo? Só serve para ir de um lugar para o outro.

Se você não tivesse se tornado amiga de Ettore, aquele companheiro de estudos do Abruzo, nunca teria descoberto que ele tinha um R4 e que queria vendê-lo, assim como não teria dado aqueles pulos de felicidade na cozinha, dizendo:

– Sim, sim, será meu, vou chamá-lo de Pasqualino.

Se tivesse pedido a Ettore para ele mesmo trazê-lo, uma vez que vinha a Roma, em vez de irmos buscá-lo...

Se você não tivesse me convencido a viajar para lá naquele domingo...

– Vamos comer castanhas, tomamos vinho novo, e aí, como nos casamentos, voltamos para casa com o nosso cortejo de carros.

Se eu não a tivesse escutado, se um colega não tivesse se prontificado a trocar a escala de serviço comigo, naquele dia...

Todos os "ses" são apenas estilhaços de vidro, limalha de ferro, açúcar que gruda e range na sola do sapato.

É o mesmo rangido das correntes que apertam meu corpo há trinta anos. Às vezes sinto-as tão apertadas que me penetram a carne, às vezes estão mais soltas e enchem o aposento com seu barulho de ferralha. Com essas mesmas correntes, sento-me à noite diante do fogo e imagino que você está ao meu lado, envolvida num cobertor, segurando um livro de poesias e com os olhos reluzentes que tinha quando estava prestes a ler para mim alguns versos dos quais gostara.

Dez

– Mas o senhor não se chateia aqui em cima? – dizem muitas vezes as pessoas quando chegam. – Aqui nunca acontece nada!

O sol, hoje, derreteu a neve, e então soltei as ovelhas no pasto; as mais novas começaram a correr todas felizes, enquanto as mais velhas cutucavam o solo com o focinho à cata de um pouco de grama entre as manchas de neve.

A felicidade dos cordeiros é a minha felicidade. Eu também, olhando para eles, sinto-me cheio de alegria, inocente, totalmente entregue ao calor maternal.

Desde que vim para cá, há quinze anos, para esse pasto abandonado, invadido pelas urtigas, muitas coisas mudaram. Foi justamente isso – o lento mudar do cenário – que não deixou o tédio se insinuar em meus dias. Depois dos receios iniciais – o medo de não conseguir, de não ser capaz, de ter tomado uma decisão precipitada –, começaram a aparecer as primeiras satisfações.

O terreno, tão penosamente capinado e arado, acolheu as sementes e, destas, haviam surgido os primeiros brotos, que se tornaram pequenas plantas que, graças ao meu primitivo sistema de irrigação, haviam sobrevivido ao verão, transformando-se na comida que me permitiria enfrentar o inverno.

Experimentei o mesmo espanto agradecido quando, remexendo o leite, vi se formar a ricota; até então só a conhecia como um produto embrulhado em plástico, nas gôndolas dos supermercados.

E aquela velha macieira esquecida, ao lado da casa? Quando cheguei, não passava de um emaranhado de galhos. Dava só uns poucos frutos, do tamanho de ameixas. Antes de podá-la, fiquei vários dias a observando, queria entender do que ela realmente precisava. Só comecei a trabalhar quando me pareceu ouvir a sua voz. Aí só me restava esperar ansiosamente pela primavera.

Fizera do modo certo, fizera do modo errado? Só mesmo em maio, quando sua copa se cobriu de flores rosadas, dei-me conta de que agira corretamente.

Não faltaram, obviamente, os erros, as derrotas, os dias de profundo desânimo; as sementes desapareciam, levadas pelas formigas; as formas de queijo explodiam em razão da presença de bactérias; os pulgões atacavam em massa as flores da macieira. Em vez de me render, fui forçado a encontrar, cada vez mais, uma nova saída para seguir em frente.

Descobri, por exemplo, que, para salvar as sementes das mandíbulas de quem as devora, basta envolvê-las, antes da semeadura, numa bolinha de argila.

Aprendi, com o tempo, que os inimigos nunca são verdadeiros inimigos, são as nossas ideias que os imaginam hostis, que os transformam em algo invencível.

De dez plantas, apenas uma é atacada maciçamente pelos pulgões, as outras não sofrem quase nada, e a escolhida é sempre a fraca, aquela que cedo ou tarde morreria de qualquer modo. Se eu tivesse borrifado veneno para matar os insetos, teria tornado fracas – e prontas a sucumbir – todas as outras também.

As doenças se originam da desordem do terreno, da diferente qualidade das sementes, das condições do tempo.

Certa vez, olhando para minha horta no mês de julho – no auge de seu esplendor –, cheguei à conclusão de que o cultivo da terra é bastante parecido com a regência de uma orquestra. Há uma infinidade de instrumentos – sopros, percussão, cordas – e, de cada um deles, é preciso exigir o máximo, porque somente o máximo – a maior adequação possível ao ritmo – permitirá que todos os demais façam o mesmo, criando o mistério encantado da sinfonia.

Por esse motivo, ao lado das verduras, sempre semeio flores. O útil e o belo precisam conviver, iluminando-se mutuamente, pois, do contrário, as berinjelas, os vários tipos de alface, os tomates, enfileirados em meticulosa ordem militar, não seriam muito diferentes dos condenados à morte – simplesmente aguardando para serem devorados. Sua espera pela morte é o espelho de nossa pobreza interior. Outra coisa completamente diferente é colocar a seu lado bocas-de-leão ou calêndulas, que brilham como pequenos astros. A beleza vive até nas menores coisas, até naquelas que podem parecer inúteis. Pela mesma razão, também deixo prosperar várias ervas daninhas na horta. Quem invade o espaço delas sou eu, e não o contrário. Assim, quanto a elas, também aprendi a ter-lhes algum respeito; permitindo que cresçam, proporciono sombra e abrigo a muitos insetos úteis que se escondem entre as suas folhas. Se a horta for uma orquestra, as ervas daninhas participam sem dúvida do coro.

Acho que você teria gostado muito dessa minha maneira de viver com as plantas. Quem teve a ideia das flores foi justamente você. Pouco antes do casamento, com efeito, fomos visitar meus avós. Voltando da horta com as verduras para o almoço, você sugeriu ao meu avô, que a acompanhava:

– Não seria melhor juntar também umas flores?

– Flores? Por quê?

– As flores só servem no cemitério – foi logo dizendo minha avó, e você entendeu que era melhor esquecer e não tocar mais no assunto.

Eles eram boas pessoas, embora um tanto antiquados. Para eles, cansados depois de uma vida de trabalho estafante nos campos, a chegada da química não fora muito diferente da de uma fada capaz de rechaçar, com sua varinha mágica, o ogro da exaustão para além do horizonte. Ainda lembro o vovô, quando eu já estava concluindo o secundário, mostrando-me triunfante os vidros guardados num pequeno armário.

– Já arrumei até a licença – dizia –, tenho permissão para usar todos eles. Sabia que o progresso chegaria a isto, mas não esperava viver o bastante para vê-lo com meus próprios olhos.

Em cada vidro havia uma etiqueta com uma caveira sobre duas tíbias cruzadas.

– Mas não são produtos perigosos? – perguntei-lhe. Ele me fitou com expressão incrédula.

– Perigosos? Como assim? Têm garantia.

Garantia do quê? Nunca entendi direito.

Muitas vezes, quando trabalho na horta, tento imaginar o rosto do meu avô. Sem dúvida ele ficaria bastante surpreso ao descobrir que seu único neto – o neto urbano, aquele que com o diploma de médico era o orgulho da família – jogara tudo às favas e decidira encarar a mesma labuta dele.

Às vezes parece que ainda estou vendo seus gestos: quando amarro um arbusto, as minhas mãos são as dele, as mesmas mãos calejadas que vejo ao transplantar as jovens mudas – mãos rachadas, vigorosas, mas ao mesmo tempo capazes de transformar de uma hora para outra sua força em delicadeza.

Acho que nunca cheguei a lhe contar, mas a única vez na vida em que participei de uma procissão religiosa foi justamente durante um verão com meus avós. Celebrava-se, na aldeia, a festa de santo Isidoro lavrador. Já no dia anterior, minha avó me levara consigo para rezar o tríduo. Aos pés do altar havia dois enormes bois de gesso que puxavam o arado; atrás dos bois, santo Isidoro pairava, suspenso por dois anjos.

Ao voltarmos para casa, minha avó contou que aqueles anjos eram seus ajudantes, pois a tarefa deles era trabalhar no lugar do santo quando ele ficava cansado; quem lhe dera aquele insólito presente fora o próprio Deus, em agradecimento à sua grande devoção.

No dia seguinte mandaram-me vestir um gibão branco e, de turíbulo na mão, fui caminhando diante da estátua do santo por todas as ruas da aldeia. Não estava acostumado com o incenso, o vento soprava na minha cara, a fumaça acabava em meus olhos e no nariz, eu lacrimejava e tinha medo de tropeçar. À minha volta ouvia-se um coro de orações em latim das quais eu não entendia uma palavra sequer, mas estava muito orgulhoso daquele papel, e também bastante receoso de não me mostrar à altura da situação. Para minha grande surpresa, consegui voltar à igreja sem tropeçar nem ceder às muitas tonturas que me atormentaram durante o percurso.

Lembro que, naquela noite, antes de adormecer, experimentei uma extraordinária sensação de leveza. Eu estava ali, mas era como se não estivesse, estava na cama, mas, ao mesmo tempo, era como se flutuasse. Talvez os anjos de santo Isidoro também tivessem erguido o meu colchão junto com o arado. Era lá para cima que eu voava com eles, mas, longe de ficar com medo, eu tinha vontade de rir, sentia-me alegre e livre como Aladim em seu tapete mágico.

Aquele estado de graça também continuou no dia seguinte e, justamente por causa dele, recebi o primeiro e verdadeiro tabefe de minha avó. Alguns dias antes, com efeito, eu encontrara na horta um lindo exemplar de louva-a-deus. Levara-o para casa e abrigara-o numa das pequenas gaiolas para grilos de meu avô. O inseto permanecia em sua postura costumeira, com as pernas dianteiras juntas, de forma que no dia depois da procissão achei por bem fazer uma surpresa à vovó; escondendo-me embaixo da mesa, onde colocara a pequena gaiola, com uma voz fininha – a que me parecia mais apropriada para o louva-a-deus –, comecei a recitar alguns trechos das rezas em latim que haviam ficado gravados em minha mente. Nem acabara de dizer *requiescant in pacem*, e a mão da minha avó desceu com força na minha cabeça. Os olhos dela lampejavam como tição.

– Fique quieto! – trovejou. – Que vergonha! Não se brinca com essas coisas!

Meu avô ficou a par do meu crime durante o jantar, o suor escorria pelas minhas costas, tinha o rosto vermelho e estava morrendo de vergonha.

– Da próxima vez pegue um grilo – aconselhou, antes de começar a comer.

Onze

Do mesmo jeito que, na época do nosso encontro, seu mundo estava cheio de fatos misteriosos, o meu estava abitolado e restrito apenas àquilo que era visível. Eu não ficava irritado com suas histórias, ao contrário, elas me traziam uma espécie de pozinho mágico que alegrava minha vida. Devo admitir que, pensando assim, havia o que certa vez você chamou de "paternalismo machista". No fundo, eu estava convencido de que aquele tipo de fantasia fosse algo extremamente feminino – onde feminino significava uma atitude própria de quem não precisa se empenhar seriamente nas coisas concretas da vida.

Nunca a contestei nem lhe pedi explicações acerca daquilo que defendia, coisa que, evidentemente, você não tinha a capacidade de fazer. Acostumado como era a ver todas as coisas através da lente do microscópio, a tomar medidas, a avaliar relações, a tocar, cheirar e observar, eu não podia certamente encontrar o caminho para entrar naquele mundo em que você estava habituada a viver.

Nesses assuntos, a única ponte que podia nos unir era a poesia, que ambos amávamos; você dispunha de mais tempo do que eu, então muitas vezes, à noitinha, depois que eu voltava para casa, no descanso que se seguia ao jantar, sentada no sofá, você lia para mim os versos que mais a tinham deixado impressionada. Você era uma leitora onívora, lia os clássicos, mas também gostava de sair por aí procurando na rua textos de completos desconhecidos.

– Dá para encontrar verdadeiras pérolas – você costumava dizer –, pérolas esquecidas na poeira das estantes.

E, de fato, quando retornava desses passeios, você parecia um pescador de pérolas, ou um garimpeiro em busca do ouro; abria a bolsa e, um por um, tirava delicadamente seus preciosos achados. Olhando para eles, muitas vezes eu não entendia suas escolhas, achava-as bizarras. Então era a sua vez de cair na gargalhada.

– Está certo, este livro é realmente absurdo –, mas você o lia do mesmo jeito.

Havia noites, porém, em que, enquanto o relógio da cozinha marcava o tempo, as palavras que você acabava de ler permaneciam suspensas entre nós, no silêncio da sala; já não eram meras palavras, mas pedras preciosas – rubis, esmeraldas, diamantes, safiras –, que dançavam à nossa volta, iluminando nosso rosto. Naqueles instantes, a poesia se tornava a ponte que nos unia. Lá, naquela ponte, conseguíamos nos encontrar. Embaixo da gente, em torno de nós, corria o rio do mistério. E era justamente aquele mistério que nos dava a certeza de que nosso amor seria mais forte do que a morte.

– As poesias abrem pequenas janelas nos dias – você costumava dizer –, sob a capa da cinzenta rotina cotidiana, nos permitem vislumbrar os clarões de uma realidade diferente. Ajudam-nos a não nos render.

Render-se, para você, queria dizer acanhar-se, recuar. Acossados pela banalidade do tempo, tornarmo-nos prisioneiros na jaula dos gestos apagados, das palavras já ditas, das coisas já feitas.

Só alguns anos mais tarde compreendi que, na sua mente, ao lado da realidade que estava diante dos olhos de todos, existia outra, que você chamava de "realidade de Luz". Certo dia, você anuiu, quando pedi que confirmasse.

– Mas não há luz aqui embaixo também? – perguntei-lhe, perplexo.

Você estava brincando com uma pluma, deixava-a cair, soprava, e ela voava de novo.

– Claro, mas lá em cima a luz nunca se apaga – você respondeu, sorrindo.

Demorei muitos anos para entender essa sua observação. Não dá nem para contar as quedas, os barrancos, os abismos que acompanharam meus passos, antes que eu conseguisse ter ao menos um vislumbre de luminosidade.

No mundo onde a luz sempre resplandece, a noite é ausente, mas o caminho que leva àquele mundo tem a densidade escura e pegajosa de um esguicho de petróleo.

O petróleo vem das entranhas da terra.

E a escuridão do nosso coração, de onde vem?

Ela também jorra daquele ventre incandescente?

E a da nossa mente?

Por que, então, quando nascemos, não nos é entregue uma lanterna?

Deixando de lado aquela primeira experiência com meus avós, minha educação religiosa foi de uma extrema banalidade. Meu pai, como já se sabe, considerava-se um livre-pensador, mas não era anticlerical, achava justo que as crianças fossem levadas a seguir um caminho, e que, ao final dele, fossem deixadas livres para escolher.

– Não teme que sejam submetidas a uma lavagem cerebral? – advertira-o um amigo. Ao que meu pai gargalhara:

– Precisa muito mais do que isso para fazer uma lavagem cerebral.

Ele estava certo. As tardes invernais que passei esquentando os gélidos bancos da sala paroquial não foram certamente capazes de moldar minha jovem mente. A natural educação religiosa que eu adquirira com meus avós deveria ter encontrado a sua completa realização e confirmação naquele frio aposento, mas, na verdade, foi justamente o contrário; naquelas intermináveis tardes, o que me fora ensinado por meus avós começou a se dissolver. Isso dependeu de vários fatores, sendo que o mais importante foi sem dúvida a descoberta do grande abismo existente entre o mundo da realidade e o das palavras.

Em minhas indagações, durante as temporadas que passava com meus avós, eu me fazia uma porção de perguntas, mas quem de fato as formulava era sempre a realidade; e, quando ao meio-dia, minha avó recitava o ângelus, ou meu avô benzia sumariamente a comida, tudo me parecia absolutamente natural, assim como me parecia óbvio ir com eles à igreja no mês de junho para as atividades propiciatórias da colheita. O mundo deles era simples, ligado ao ritmo das estações e aos caprichos do tempo – o agradecer e o benzer pareciam, portanto, atos espontâneos. Havia a nossa vida e a vida de quem estava acima ou por perto: a Virgem, Jesus, santo Isidoro, santo Antônio Abade, dito *Del Pursel*,* e o outro, o santo Antônio que faz reencontrar as coisas.

Na penumbra da casa estavam espalhadas várias imagens gastas pela fumaça da lareira e pelo tempo; dentre elas, minha preferida era uma lembrança trazida após uma romaria ao santuário de Loreto. Mostrava os anjos levando consigo uma casa tão leve quanto um lenço. Quem me explicara o que era, quando eu tinha só seis anos, fora a vovó: tratava-se da casa de Maria, a mãe de Jesus, e os anjos a estavam trazendo à Itália para salvá-la.

– Os anjos podem transportar casas? – perguntei então, perplexo.

– Claro que sim.

– Mesmo prédios de cinco andares?

– Até de dez.

– É mesmo? Então os anjos podem fazer qualquer coisa!

Tivera a confirmação disso na noite de santo Isidoro, quando, de repente, senti que era suspenso no ar com colchão e tudo. O descobrimento, em seguida, de que cada um de nós tinha a seu dispor um anjo pessoal acrescentou felicidade a meu espanto. Se porventura estivesse em dificuldade, era só eu dar um assovio para que ele, como o fiel Rin-Tin-Tin, viesse me socorrer.

À noite, na cama, minha avó traçava uma cruz na minha fronte e, logo a seguir, eu adormecia feliz. Nesse mundo de

* *Del Pursel*: do porco, em dialeto. Isso porque ele identificava o bicho com o diabo. Uma vez que o santo conseguiu dominar um javali, a encarnação do mal, acabou se tornando primeiro o protetor dos porcos e depois de todo o gado. (N. do T.)

naturalidade – um mundo em que as coisas estavam ligadas, e onde esse liame dava justamente um sentido à vida –, inseriu-se um belo dia aquilo que, na época, costumavam chamar de doutrina.

Não acha que o nome era particularmente assustador? De doutrina, com efeito, vem doutrinação, e doutrinada é uma pessoa que deixou de usar – ou nunca usou – a própria cabeça. Eu cheguei ali, naquele gélido aposento, numa tarde de outubro, cheio de perguntas – todas aquelas que me haviam passado pela cabeça durante as minhas andanças – e, no fundo do coração, acalentava a esperança de que, naquelas horas, pelo menos algumas das tais perguntas teriam uma resposta. Mas era outra época, e durante as aulas era proibido falar. Expressar aquilo que passava pela nossa cabeça, então, nem pensar.

Nosso mestre era um padre tão alto e tão magro que, quando andava, parecia que a batina esvoaçava ao redor de uma vara. Na época, eu achava que ele era velho, mas talvez nem tivesse quarenta anos: quando falava, às vezes era acometido por um tique que lhe torcia os lábios.

Chamava-se Mangialupi,* e o nome despertava várias fantasias em nós, meninos. Com voz monótona, contava as histórias da Bíblia, mencionava a leviandade de Eva, que mergulhara todos nós nas profundezas do pecado, falava da torre de Babel, do dilúvio universal, da história de Moisés e de Isaac.

De todas essas histórias, a minha preferida era a de Noé – havia poucos homens e muitos animais –, e isso já me pa-

* Come-lobos, em italiano. (N. do T.)

recia o prelúdio de uma vida feliz. Nos outros episódios, com efeito, os homens só faziam besteiras, espalhando a dor e a morte.

Quando, então, fiquei sabendo da história de Abraão e de Isaac, fui tomado por tamanha repulsa que me recusei a desenhar a cena no caderno, como fora solicitado pelo padre Mangialupi.

– Não, não farei uma coisa dessas! – exclamei em voz alta.

– Não?! – repetiu incrédulo o sacerdote.

– Não – insisti. – Porque um Deus tão bom que cria os anjos não pode ser mau a ponto de pedir que um pai mate o filho.

"Recusa-se obstinadamente a ilustrar o sacrifício do monte Moriá", escreveu então o padre no papel que permanecera em branco. Teria de levá-lo de volta no dia seguinte, assinado pelos meus pais.

– Por que não quis fazer o desenho? – perguntou minha mãe.

– Porque não – respondi.

– Você é tão cabeçudo quanto seu pai – ela suspirou, assinando a nota.

Conforme estudava a doutrina, meu mal-estar aumentava. Às vezes, no livro ilustrado, Deus era representado como um triângulo com um olho no meio. Aquele triângulo, o padre Mangialupi não se cansava de dizer, acompanhava a gente em qualquer lugar, sempre sabia o que estávamos fazendo: mesmo que você ficasse escondido, ele conseguia vê-lo.

– É muito feio fazer as coisas às escondidas, e mesmo assim as pessoas fazem. Tenho certeza de que todos vocês também as fazem – insinuava com insistência o sacerdote.

Aquela imagem de Deus como acontecimento geométrico provocava minha repulsa. O triângulo que sempre estava atrás de mim só me deixava irritado e ferido. Eu não conseguia de jeito nenhum ver naquelas arestas qualquer forma de amor.

As coisas começaram a melhorar um pouco quando no horizonte despontou Jesus. O fato de ele ter nascido no meu lugar preferido – um estábulo – fez com que eu sentisse imediata simpatia por ele, e, além do mais, gostava daquele seu jeito de andar a pé pelos campos – como eu mesmo fazia quando estava com meus avós –, a forma como parava para conversar com as pessoas que encontrava, sua capacidade de ouvir e até de se zangar; invejava a força da ira que expressara diante dos mercadores do templo. Muitas vezes, no decorrer dos meus dias, acontecia-me experimentar sentimentos parecidos, mas, seja pelo meu caráter, seja pela educação que recebi, esses rompantes nunca se manifestavam; logo que o rastilho, crepitando, começava a queimar, uma chuva repentina caía lá de cima apagando o estopim e tornando inerte a pólvora.

No entanto, qualquer que fosse a relação entre Jesus e o onipresente triângulo era uma coisa que a doutrina não conseguira esclarecer.

Um mês antes da primeira comunhão – graças ao que o padre Mangialupi definira como "a minha irritante indisponibilidade" – chegamos de fato à beira da catástrofe. No fim de uma aula de revisão, focalizada na onipotência daquele olhudo triângulo, eu levantei a mão.

– Pode falar, Matteo – disse o padre, com benévola democracia.

– Não é verdade que ele seja onipotente! – exclamei de um só fôlego. – Se fosse de fato onipotente, no jardim do Éden não teria perguntado a Adão: "Onde você está?" Se eu já sei onde uma pessoa está, não preciso perguntar...

A sala foi tomada por um gélido silêncio.

– Quem bota essas coisas na sua cabeça?

– Ninguém! Aparecem sozinhas.

Meus pais então foram chamados e foi-lhes dito que eu ainda era imaturo demais para me aproximar dos sacramentos. Minha mãe teve de suplicar para que esquecessem aquele veto que, no entanto, ela continuou a jogar na minha cara por muitos anos.

– Se não fosse por mim – costumava dizer –, você nunca teria recebido a primeira comunhão.

Seja como for, o dia fatídico chegou.

Num domingo de maio cheio de luz e de perfumes, vesti um casaco azul, calças curtas cinzentas, uma camisa, uma gravatinha com elástico e, todo arrumado, fui a pé até a igreja acompanhado de meus pais.

– Se Jesus me ama de verdade– perguntara pouco antes à minha mãe, enquanto ela ajeitava meu cabelo com um pente molhado –, ele não me amaria do jeito que sou, com as roupas de sempre?

– Por favor – minha mãe sibilou entre os dentes –, você não pode fechar essa matraca e só abri-la de novo quando já estivermos sentados no restaurante?

Para dizer a verdade, o restaurante, os presentes, a compra da roupa e toda a agitação dos dias anteriores só conseguiram me deixar ainda mais nervoso: se naquele dia fosse acontecer algo especial – algo extraordinário, uma experiência profundamente interior –, por que todos não faziam outra coisa a não ser cuidar de coisas exteriores? Eu não estava nem um pouco interessado no que íamos comer, nos presentes que havia recebido, nas fotos de praxe. A única coisa com a qual realmente eu me importava era saber se – como afirmava a doutrina – a partir daquele dia minha vida mudaria completamente. Eu treinara semanas a fio, num canto da varanda, até conseguir engolir – sem qualquer contato com o palato – bolinhas de miolo de pão devidamente achatadas como preparação para o Grande Encontro.

O que aconteceria depois de ingerir a hóstia? Era mesmo verdade que, a partir daquele momento, seríamos dois? E como era possível viver com duas cabeças, com dois corações? E se a minha quisesse ir para um lugar e a dele para outro? Seríamos como aqueles irmãos siameses que certa vez eu vira numa foto, e que me deixaram apavorado? Ou, então, o acontecimento seria como quando, nas manhãs de verão, mamãe escancarava as janelas do quarto? A luz de repente abriria um caminho dentro de mim?

Sentia o coração bater a mil por hora enquanto, ajoelhado diante do balaústre de mármore, esperava a minha vez. Quando abri a boca e a hóstia grudou imediatamente no meu palato – revelando ser não um pãozinho fragrante, mas uma bolachinha pegajosa –, a primeira sensação foi de decepção. Mas, quem sabe, continuava dizendo a mim mesmo, talvez demore um pouco, antes de surtir efeito, talvez eu só repare que tudo mudou depois de sair, esta noite, ou amanhã de manhã. Mas mesmo no restaurante nada aconteceu. Eu apertava os olhos, segurava a respiração, mas as coisas continuavam do mesmo jeito de sempre – os capeletes no prato, o relógio, a caneta-tinteiro e o missal com a capa cor de madrepérola que eu recebera de presente estavam diante de mim em sua despojada e inexpressiva normalidade.

Só a caminho de casa, segurando a mão de cada um dos meus pais como quando ainda era criança, por um momento tive a impressão de ver, ao lado da costumeira luz, outra mais brilhante, mais intensa, mais cálida. Naquela luz, o rosto do meu pai era o mais lindo do mundo, os lábios da minha mãe estavam entreabertos e seus olhos riam como quando era moça. Sentia dentro de mim um poder extraordinário, eu me tornara um gigante. E aquele gigante não tinha medo de nada.

Relembrando isso agora, percebo que talvez, naquele breve instante, eu tivesse inconscientemente entrado em contato com aquele mundo para você tão familiar. Por uma fração de segundo conseguira ver a mesma luz que você via, mas enquanto você continuara a caminhar na direção dela, eu recuara, escolhendo a mortiça monotonia dos meus dias.

Durante todo o curso primário continuei a frequentar a igreja com a minha mãe; todo domingo íamos à missa das onze, e, na saída, papai vinha nos buscar com uma bandeja de doces.

No começo eu obedeci àquele rito com total confiança, mas, com o passar do tempo, essa confiança começou a se esgarçar, a se diluir num sentimento de sinal oposto. Eu continuava, de fato, a ouvir falar de amor e bondade, mas não conseguia ver esse mesmo amor e essa mesma bondade nas pessoas que me cercavam. Ouvia falar de felicidade, mas, à minha volta, só via rostos melancólicos e tristes.

Com o passar do tempo percebi que, para muitas dessas pessoas – começando pela minha mãe –, ir à igreja todos os domingos era uma mera convenção, e que as belas palavras que ouviam não tinham a menor influência na vida delas.

– Nem só de pão vive o homem – dissera Jesus, mas era justamente de pão, somente de pão, que pareciam viver. De pão e de doces, de lindas roupas e de conversa, de pequenas invejas e pirraças.

Mas não havia nada disso em meu coração, eram muito diferentes as coisas que meu coração procurava.

Então, no secundário, comecei a me rebelar.

Para início de conversa, fugi do confessionário, aquela sinistra guarita que, desde o começo, forçara-me à hipocrisia, me levando a confessar pecados que eu não tinha cometido, só para ter alguma coisa para confessar. Aí comecei a rarear minhas idas à missa – uma vez tinha tarefas demais a fazer, no domingo seguinte havia uma corrida campestre, na semana depois disso estava com uma terrível dor de cabeça. Então minha mãe começou a fazer cara feia, uma de suas especialidades.

– Você já não quer bem a Jesus – murmurou num domingo, com ar de vítima, cortando o costumeiro frango.

– É justamente porque lhe quero bem que não vou mais à igreja.

– Não seja blasfemo.

Meu pai ergueu os olhos do prato para me defender.

– Ele não está sendo blasfemo, só está expondo seu ponto de vista.

Então, enquanto os lábios de minha mãe se retesavam cada vez mais, graças ao comentário do meu pai expliquei à vontade as razões de meu mal-estar. Fiz questão de dizer que, apesar de todo aquele falatório sobre amor e felicidade, eu não via nem sombra do tal amor e da tal felicidade em lugar nenhum, nem no rosto, nem nos gestos deles; não queria me sentir bonzinho só por dar uma moeda a um pobre coitado, só por juntar alguma coisa – da qual no fundo não precisava – para ajudar as crianças que morrem de fome na África.

– Qual é o sentido de fazer uma boa ação? – continuei dizendo. – O que são, então, todas as outras ações que faço? Ou são sempre boas – e aí eu vivo o bem –, ou então não o são nunca. Ou tudo é amor, ou nada é amor. Não pode existir o amor a pedidos, o amor em pedacinhos. Ele não pode ser uma roupa que só visto quando me convém.

Enquanto falava, sentia ondas de calor subindo às minhas faces, era a primeira vez que dizia coisas de gente grande. Meu pai ouvia, satisfeito, enquanto minha mãe se fechara num silêncio espectral; logo que acabamos de jantar, ela começou a limpar a mesa com gestos ruidosamente teatrais.

No ano seguinte, decidi que estudaria medicina, como meu avô. Já que eu não conseguia entender Deus, podia ao menos tentar entender o homem; e se o sofrimento do mundo continuava sendo para mim incompreensível, podia pelo menos fazer o possível para aliviá-lo.

Doze

Naquele dia nevara nos picos mais altos.

David nunca tinha visto a neve, então eu a mostrei para ele:

– Está vendo todo aquele branco lá em cima, nas montanhas? É neve.

– Parecem tortas cobertas de açúcar – você acrescentou.

Estávamos percorrendo a estrada que nos levaria a Áquila. David observava as montanhas virando a cabeça de um lado para o outro, em silêncio; como a maioria dos primogênitos – e dos filhos homens – só sabia dizer umas poucas palavras, embora já estivesse com três anos.

– É você que fala demais – eu a provocava, brincando. – Se você não fica um só momento de boca fechada, como é que ele vai poder falar?

– Quer que ele se torne uma múmia, como você? – você rebatia.

Essas alfinetadas faziam parte de nosso léxico familiar, não havia nenhuma malícia nelas, nenhuma intenção de acrimônia; em seu mundo de imagens metafóricas, havia me comparado a uma múmia – pela minha lentidão no falar, pela minha constante necessidade de analisar, esquematizar, avaliar os prós e os contras de cada decisão, por mais insignificante que fosse.

– Culpa das estações – eu dizia para despertar seu sorriso –, você foi recebida pelo abraço do sol, e eu, pelos ventos gelados do inverno.

– É verdade – às vezes você respondia, exasperada com a minha lerdeza. – Você tem gelo por dentro, e receio que nem mesmo eu conseguirei aquecê-lo.

Eu percebia nessas suas palavras uma dolorosa tristeza que me impelia a ficar até loquaz demais, só para tentar aliviá-la. Nada me fazia tão mal quanto aquela sombra que, de repente, anuviava o seu olhar.

Chegamos à pequena aldeia perto de Áquila quando já era quase hora de almoçar. Seu amigo Ettore acabara de restaurar a casa dos avós. Apresentou-nos a mulher, que você não conhecia, e, ao descobrir que estava grávida, criou-se entre vocês duas um vínculo imediato.

David começou logo a trotear pelo jardim, perseguindo gatos de várias cores que dormiam tranquilos ao sol, e, enquanto você acompanhava a mulher na cozinha para que ela lhe explicasse o segredo dos espaguetes *à chitarra*, fui buscar lenha para a lareira com Ettore.

No almoço, a conversa foi leve e descontraída, toda centralizada na grande – e comum – aventura dos filhos; queriam saber tudo de David, se trocara a noite pelo dia, se fora amamentado e por quanto tempo, o que acontecera na época de desmamá-lo; na hora da clássica pergunta acerca da primeira palavra que havia pronunciado, "mamãe" ou "papai", caímos na gargalhada.

– David só diz três palavras – você revelou –, leiteira, lápis e escada.

O espanto de sua amiga foi total:

– Isso é normal?

– Claro! – você lhe assegurou. – O que nos leva a crer que os nossos nomes são os mais importantes é a nossa mania de estrelismo. Se a mãe está ali, para que chamá-la? Melhor aprender o nome da coisa que resmunga no fogão... Justamente a leiteira.

– Vocês não me parecem pais ansiosos – concluiu nossa anfitriã.

– Não há motivos para sofrermos de ansiedade.

Na hora da sobremesa, você anunciou que muito em breve David também teria uma irmãzinha ou um irmãozinho. Para festejar, Ettore foi buscar uma garrafa de espumante e brindamos à saúde de nossas crianças.

Depois do almoço, fomos dar um breve passeio pelos gramados perto da casa. Eu carregava David nos ombros.

– Gato! – falou, voltando ao jardim e indicando um dos pequenos felinos deitado num canteiro.

– Com essa são quatro! – você aplaudiu, feliz.

Chegou a hora da entrega. Ettore tirou da garagem o carro e a convidou a dar uma volta com ele.

– Tudo bem? – perguntei quando você voltou.

– Tudo ótimo.

Você estava começando a sentir uma incômoda dor de cabeça e decidiu voltar a Roma antes do anoitecer, então dali a pouco nos despedimos.

David quis ficar com você; enquanto o ajeitava no banco de trás, envolvido em seu engraçado casacão impermeável, ele se virou para mim e disse:

– Papai.

– Cinco! – comentei, feliz.

Você já estava sentada na direção.

– Para dizer a verdade, estou com um pouco de inveja... – murmurou.

– Isso não vai durar muito – comentei –, a próxima palavra certamente será "mamãe".

Dei-lhe um beijo e saímos. Vocês na frente e eu atrás, para não corrermos o risco de nos perder e também para eventualmente eu ajudá-la se o seu carrinho, o Pasqualino, tivesse uma pane.

Nos dias, nos meses, nos anos que se seguiram, aquele dia nada mais foi para mim do que um corpo a ser dissecado: segurava o bisturi entre os dedos e ia cortando, guardando com meticulosa obsessão em gavetas refrigeradas tudo aquilo que me parecia digno de ser lembrado.

De que cor eram os ladrilhos da cozinha? E os copos, eram transparentes ou coloridos? O seu não tinha, por acaso, uma pequena rachadura na borda? Ou teria sido o meu?

E quantos gatos dormiam no jardim? Sem dúvida, havia um avermelhado – o que David perseguira –, mas também um listrado e outro preto e branco; talvez também houvesse um totalmente preto, no qual não reparei – quem sabe fosse o bichano que atravessou na sua frente quando foi experimentar o carro com Ettore, e depois você se esqueceu de me contar.

Tinha tomado nota, afinal, da receita dos espaguetes *à chitarra*, ou limitara-se a guardá-la na memória?

E, quando fomos passear, foi só minha impressão ou avistamos de fato um pássaro preto pousando nos galhos daquela grande nogueira desfolhada?

O que era: um corvo, uma gralha, um melro?

E naquela manhã, do banheiro, antes de partirmos, você não mencionou algum tipo de conjunção astral? Não prestei muita atenção, pois não estava interessado nesses assuntos. O que foi que você disse? Era "quadratura" a palavra certa, ou "oposição"? E o que aquilo queria dizer?

Que sapatos você usava naquele dia? Sapatos próprios para dirigir, ou aquele tipo de chinelo de que tanto gostava? Por que eu não a aconselhei? Você costumava me gozar.
– Você se preocupa demais – dizia –, que diferença faz um ou outro tipo de sapato?

Para ter certeza de que não havia me esquecido de nada, repetia continuamente tudo o que tínhamos dito na mesa, durante o almoço: dizia as minhas falas e as suas, para então deixá-las suspensas no ar, esperando que o silêncio me revelasse alguma coisa que tinha perdido.

A certa altura, na lareira, um pedaço de madeira estalou, e David se virou assustado, já quase chorando, mas você, com um sorriso reconfortante, o tranquilizou.

Por que, justamente naquele dia, David disse duas palavras novas?

E por que uma delas foi "papai"?

Poderia ter dito "carro", e teria dado na mesma, ou será que com o sorriso cheio de dentinhos estava me pedindo alguma coisa?

Fiquei anos morando nessa sala de anatomia. Lá estava eu, procurando entender, mas, quanto mais insistia, mais as coisas se tornavam confusas; a ciência não passava de desculpa, na verdade ficar firmemente preso àquele dia era o único jeito que me restava para sobreviver.

Aquele foi o nosso último dia, e eu o vivi como um dia qualquer – por isso não podia dar-me ao luxo de esquecer nem mesmo os mínimos detalhes.

Tudo foi extremamente rápido.

No grande viaduto, seu carro derrapou subitamente para a esquerda, derrubou a mureta de proteção e desapareceu, engolido pelo vazio.

Se eu fosse de fato uma múmia, teria feito a única coisa que me cabia fazer: dar uma guinada e pular do viaduto com vocês.

Mas eu não era uma múmia.

Então liguei a seta, encostei, desci do carro, debrucei-me no parapeito e, só depois de ver a fogueira lá em baixo do barranco, gritei:

– Não!

Treze

NÃO ME LEMBRO DO ROSTO DO PRIMEIRO MOTORISTA QUE PA-rou, mas me lembro da chegada da polícia rodoviária e do rosto de um guarda de bigodes ruivos que me olhava fixamente:

– Sua mulher sofria de depressão? Tiveram alguma briga recentemente, alguma desavença?

Recordo que procurei em mim as palavras, mas, apesar dos meus esforços, era como se estivesse vagando num imenso arquivo – havia uma multidão de corredores, de estantes, e eu nunca conseguia encontrar o que procurava; como se estivesse na penumbra de uma grande catedral vazia, eu ouvia o barulho dos meus passos, mas, a meu lado, já não havia mais os seus –, tudo ecoava e se confundia à minha volta. Devia ser aquele ribombo a fazer vibrar todas as coisas; a vibração se transformou num tremor que eu já não podia controlar – eu já não era eu mesmo, era um castelo de cartas e, como um castelo, de repente desmoronei. Quando acordei, estava num lugar desconhecido, e meu pai estava perto de mim.

– Esperava mesmo que pelo menos você ainda estivesse vivo – disse, abraçando-me.

Havia uma névoa em minha cabeça. Uma névoa, um cansaço e uma sensação de irrealidade.

Por que estava ali?

O que acontecera?

Percebia ao meu redor alguma coisa ameaçadora, mas não conseguia entender o que era. Só quando meu pai segurou minha mão entre as suas, quando disse, entre lágrimas:

– Você precisa ser forte, todos nós precisamos ser fortes –, de repente, em minha mente, reapareceu aquela bola de fogo ardendo no barranco.

Ao sair do hospital tive de tratar das coisas práticas. Digo "tive", mas não tenho certeza de ter sido realmente eu a cuidar do assunto. Alguém ia à polícia, respondia com voz monocórdica às perguntas, mais alguém ia à funerária, escolhia, pagava, e mais outra pessoa, com tom pacato e ajuizado, respondia "obrigado" a todos aqueles que apertavam sua mão, que o abraçavam murmurando:

– Meus pêsames... Que coisa terrível... Pode contar comigo...

Segundo a perícia da polícia rodoviária, não houvera qualquer sinal de freada, e isso, claramente, levava a pensar num gesto voluntário.

– O senhor não pode nem imaginar quantas pessoas escolhem aquele viaduto... – disse o homem, abrindo os braços, desolado.

Ettore também foi interrogado, e, com os papéis na mão, provou que mandara revisar o carro de cabo a rabo antes de vendê-lo.

Desanimado, eu procurava dizer a todos:

– Não, Nora não estava deprimida. Não, não havíamos brigado.

Havia quem anuísse:

– Sim, é claro – só desejosos de sair dali o mais rápido possível. Mas outros insistiam:

– São justamente as pessoas de quem ninguém desconfia que fazem isso; aliás, as que falam a respeito nunca cumprem o que dizem, as que realmente se matam são as que não dizem nada.

Apesar de todos insistirem em salientar o que, para eles, era evidente, eu continuava refutando tal evidência – você gostava da vida, por que motivo acabaria com ela, negando-a também a seu filho e à criança que trazia em seu ventre?

– Às vezes o suicídio é o fecho de ouro de um momento de extrema beleza, de extrema verdade – me disse certo dia um amigo apaixonado por coisas orientais.

Teria sido isso?

Aquele dia, nas montanhas do Abruzo, havia sido para você tão sublime que decidira imortalizá-lo com seu fim e o fim de sua descendência?

E o que eu era, então? Apenas um figurante perdido numa multidão de pessoas sem rosto?

Afinal, durante catorze longos anos, não havíamos sido cada um o sentido do outro?

E esse sentido não se traduzira em David, na menina que você esperava e nos demais filhos que o tempo e o nosso amor nos concederiam?

Aquela sensação de estranha irrealidade desapareceu logo que abri a porta de casa, depois de alguns dias passados na casa dos meus pais. Ninguém entrara ali desde então. Tínhamos saído às pressas, naquele dia, deixando atrás de nós o costumeiro rastro de desarrumação. Até nisso éramos diferentes! À noite eu deixava minhas roupas dobradas direitinho numa cadeira, enquanto você as jogava de qualquer maneira na poltrona, até que virassem uma montanha; quando eu dizia que você era bagunceira demais, você sorria para mim com ironia e explicava:

– Se eu realmente fosse bagunceira, não encontraria as coisas, mas como eu sempre as encontro, quer dizer que não sou. Nem todas as ordens precisam se sujeitar ao rigor militar, algumas são apenas ordens de fantasia.

Sua ordem de fantasia logo veio ao meu encontro. Primeiro, os seus chinelos, um junto da porta e o outro mais atrás, como se os tivesse tirado separadamente, já saindo; no sofá, o livro que estava lendo na noite anterior e, no chão, mais seis ou sete exemplares – para você os livros eram como bombons, experimentava um, aí outro, e então mais outro, até encontrar aquele que a deixasse satisfeita; no sofá, ao lado do livro, o pijama de David e uma pequena luva que, na pressa, tínhamos esquecido; na cozinha, os restos do café da manhã ainda estavam sobre a mesa: as migalhas na toalha, o vidro de geleia com a tampa mal fechada, a caixa metálica de biscoitos salgados – as xícaras e os copos, no entanto, já estavam na pia: iria lavá-los na volta.

Fiquei na porta, com as chaves na mão, sem ter coragem de entrar. O que se descortinava diante de mim era uma paisagem lunar, e eu era o astronauta que ali chegara para documentar as coisas; era Pompeia depois da erupção, ou Hiroshima depois da bomba – não havia cinzas nem cogumelo atômico, mas ainda assim um mundo inteiro fora varrido, deixando atrás de si somente alguns vestígios – os moldes, os cascos vazios de uma vida que fora vivida ali dentro.

Falei "Nora", como costumava fazer toda vez que chegava, e o seu nome se dissolveu no silêncio dos cômodos. Eu estava no limiar e respirava os perfumes de nossa vida – os aromas das coisas que você cozinhava, o odor do meu corpo, do seu, o cheiro poeirento do papel que você amontoava por todo canto e o cheiro ainda tenro de David – odor de água e sabonete, de xixi, de talco. No contato com o ar, aquela mistura de cheiros e perfumes se dissolveria sem demora e, a partir de então, seria simplesmente impossível recriá-la. Eu tinha ficado sozinho, sem uma toca, sem um lugar ao qual voltar.

O eco dos passos de alguém subindo as escadas forçou-me finalmente a entrar; estava cansado, esgotado por todo aquele repeteco de frases de circunstância. Teria gostado de gritar, mas infelizmente isso não combinava com a minha natureza.

No chão do quarto, David deixara uma construção de dados; montá-los e desmontá-los havia sido sua paixão constante nos últimos meses: com calma, concentrado, erguia a estrutura, e aí, depois de chamar nossa atenção, derrubava-a com a mãozinha. Fiquei olhando para ela, imóvel, e então, com um golpe seco, a desmoronei. Queria ouvir mais uma vez aquele barulho, queria imaginar o seu sorriso – e sepultar para sempre aquele barulho e aquele sorriso na parte mais recôndita do meu coração.

Por fim fui até o nosso quarto. A cama estava desarrumada, no travesseiro de plumas ainda havia a marca de sua cabeça; deitei-me no seu lugar e ali mesmo, naquela cavidade, delicadamente apoiei a minha.

– Diga-me alguma coisa – repetia sem parar –, diga-me por quê.

Então adormeci.

Quando acordei, a casa estava mergulhada na escuridão. Do banheiro chegava o borbulhar baixinho do *boiler* que ninguém desligara. Levantei e olhei em volta. Eu havia entrado no quarto à cata de alguma coisa de vocês dois, para deixá-la no caixão. Examinava as suas coisas, indeciso, você não tinha fetiches, objetos aos quais estava particularmente ligada; poderia botar um livro, mas qual? Além do mais, poderia de fato ser-lhe útil um livro, para a eternidade? Quando voltei à cozinha, vendo seu caderno de receitas sujo de farinha, tive uma ideia. Você gostava muito de fazer tortas e bolos, "coisas não muito sérias", costumava dizer, enquanto tinha horror, por exemplo, de assados.

– Quando você gostar de mim de verdade – dissera certa vez, brincando –, em vez de apenas comer os meus doces, também aprenderá a fazê-los.

Portanto, numa tarde de novembro, enquanto lá fora estava escuro e chovia, preparei a primeira – e última – torta da minha vida, a de que você mais gostava, a torta paraíso. Com total falta de jeito, procurei repetir seus movimentos – não sabia que a gema devia ser separada da clara, nem que, com a farinha, era preciso juntar a fécula. Só depois de muitas tentativas consegui chegar à mistura certa, e então, enquanto a torta crescia e dourava no forno, fiquei olhando para ela e fumando um cigarro atrás do outro.

Antes de sair com a forma nos braços, fui ao quarto de David. Do emaranhado de lençóis despontava o rabo azul de seu golfinho de pelúcia. Eu o peguei, acariciando-lhe o focinho sorridente. Quantas vezes havíamos brincado juntos, fingindo que a cama era o mar! Eu macaqueava a voz do golfinho e, enquanto David me fitava com os olhos arregalados, contava-lhe histórias de sereias, de estrelas-do-mar, de cavalos-marinhos, de sábias tartarugas falantes, como se fosse aquele seu bichinho a falar; e quando então o golfinho, com uma mesura, dizia: – E por hoje a história acabou –, David sacudia a cabeça, sorrindo feliz, quase a dizer "não, continue". Aí eu me dobrava em cima dele, beijava-o numa bochecha enquanto o focinho pontudo do amigo golfinho o beijava na outra.

Catorze

Nos jornais do país só haviam saído notas bastante sumárias, enquanto o diário de Ancona nos dedicara páginas inteiras; um repórter, depois de comparecer ao funeral, escrevera: "O marido, petrificado de dor..." Nos dias seguintes, enquanto vagava despropositadamente pelas ruas, aquelas palavras voltaram à minha mente. Só quem nunca experimentou o verdadeiro sofrimento pode comparar o que eu estava sentindo a uma pedra – a pedra continua sendo uma coisa viva, pode rachar-se, quebrar-se, acumular o calor do sol e devolvê-lo. Eu, por minha vez, era uma mera extensão de gelo, de silêncio, de impassibilidade. O espaço que você viera preencher dentro de mim se esvaziara de repente e, naquele vazio, descera o frio sideral de uma noite sem fim.

Eu continuava encontrando pessoas que tentavam me consolar, suas palavras ribombavam na minha cabeça como se fossem ecos dentro de uma caverna. Ânimo... *imo... imo... imo...* Terrível... *ível... ível... ível...* Todas aquelas vozes me irritavam, mas eu não tinha coragem de rechaçá-las, de mantê-las longe.

Então comecei a circular de carro. Saía de manhã e só voltava à noite.

– Aonde você está indo? – minha mãe me perguntava todas as manhãs, preocupada ao me ver saindo.

"indo... indo... indo..."

– A que horas vai voltar?

"ar... ar... ar..."

– Não faça nenhuma bobagem! – gritava da escada.

"agem... agem... agem..."

No carro eu conseguia relaxar. O metal era a minha concha, ali ninguém podia entrar, ninguém podia falar. Abrir a porta ou fechá-la dependia apenas de mim. Eu era uma ostra, um molusco provido de couraça – alguém me ferira, e agora eu só me abria com extremo cuidado, só o bastante para respirar, para viver. Dirigia nas ruas com o olhar vazio, com o coração vazio; o frio invadira tudo com seus cristais de gelo – os olhos, as mãos, a língua, as articulações. Dirigia ciente de que daquelas feridas nunca nasceria o esplendor colorido de uma pérola. Pegava a rodovia e ia até San Benedetto del Tronto, aí saía e voltava pela estrada estatal; ou então pegava a Flamínia e chegava até a Úmbria, passava pelos vales arborizados para então virar novamente rumo ao Adriático. Às vezes, no entanto, subia para o norte, alcançava o Polesine e o delta do Po, perdendo-me nas longas estradas brancas que margeavam os canais. Vez por outra parava, descia do carro e fumava um cigarro.

Certo dia, decidi parar na cachoeira de Mármore. Justamente quando estava lá, as águas – que até então haviam sido desviadas para as siderúrgicas – foram deixadas novamente correr em seu leito, com um estrondo pavoroso, e fui atropelado por uma fria nuvem de vapor. Não pude evitar a lembrança da nossa brincadeira dos rios. Agora éramos como aquelas águas – o mesmo rio em duas condições diferentes: eu era o leito vazio, enquanto você, com seu ímpeto arrebatador, fora desviada para outro lugar; onde você estava, eu ignorava, mas, no entanto, sabia que – ao contrário daquela cachoeira – você nunca mais voltaria e correria impetuosa em meu leito; sem água, eu não demoraria a me transformar numa espécie de estrada, às minhas bordas deixaria de crescer a vegetação luxuriante, e a vida do leito logo se tornaria uma fria extensão de seixos onde, não havendo mais quem passasse por ela, se insinuariam sem demora arbustos espinhentos e ervas daninhas. E um emaranhado de espinheiros era justamente o único horizonte que se descortinava diante de mim.

Meus pais viviam aterrorizados pelo fato de eu querer compartilhar o mesmo destino de vocês dois, mas era um terror sem motivo, pois nunca, nem por um só instante em todas as minhas andanças, pensei em dar uma guinada e me lançar num precipício. Levar a cabo uma ação dessas exigia alguma forma de vontade, e a vontade era justamente o que mais me faltava. Estava aniquilado. Dirigia porque não podia ficar parado. Ainda conseguia pensar, obviamente, mas, mais do que pensamentos, tratava-se de meteoros, de riscos luminosos que atravessavam minha mente como cometas e que, em vez de se deterem sobre a choupana de Belém, acabavam diretamente no viaduto onde, com moto-perpétuo, continuavam a gerar-se. Lá embaixo ardia a bola de fogo dos seus corpos, aquela bola de fogo que transformara meu passado e meu futuro numa coluna de fumaça, e aquela fumaça tinha a insondável profundidade de um buraco negro – toda visão, todo sentimento desapareciam lá dentro, devorados por um monstro sem rosto.

À noite, em casa, as coisas não melhoravam. Minha mãe, com ar sofrido, continuava a repetir: – Come... *ome... ome...* – e a preparar minhas comidas preferidas de quando eu era criança, e, com aflição, via-as esfriar no prato, enquanto meu pai, esparramado no sofá, ficava com os olhos voltados para a tevê.

Num canto da sala ainda havia uma caixa com todos os brinquedos de David: os dados de madeira, os lápis coloridos, o caminhão dos bombeiros com a sirene de que tanto gostava.

– Você precisa aceitar, precisa se conformar – disse finalmente meu pai, depois do jantar, certa noite. – Não há outro jeito, as pessoas sempre têm de aceitar o que acontece.

Para mim, aquela frase foi um choque. Levantei-me, dando pontapés nos brinquedos de David.

– Eu, me conformar? Aceitar? Não dá para aceitar uma coisa tão absurda, tão sem sentido! – continuei a gritar.

Quando, exausto, deixei-me cair no sofá, meu pai segurou minhas mãos entre as dele.

– Chore – murmurou com delicadeza. – Tente pelo menos chorar.

Mas meus olhos estavam secos, crepitavam como gravetos consumidos por um incêndio.

– Talvez seja melhor você voltar a trabalhar – disse, depois de um mês daquela vida, enquanto acompanhávamos da varanda a chegada do navio da Adriática vindo de Durazzo.

– Acho que você está certo – respondi, enquanto o barco, com sua proa ocre, entrava no porto.

Na noite anterior à minha partida, mamãe, sem avisar, convidara para jantar um sacerdote amigo dela. Devia ter uns quarenta anos, não era antipático, mas mesmo assim fiz cena muda – eles conversavam, e eu os olhava sem os ouvir.

– Por que vocês dois não vão dar um passeio? – propôs minha mãe, depois do café. Falou como se eu fosse um garoto intimidado pela presença da namorada.

– Boa ideia – disse dom Marco, sorrindo. – Vai nos ajudar na digestão.

Peguei o casaco e saí com ele, totalmente entregue ao meu desânimo. Lá fora, o ar estava frio, e o mar, encrespado por uma multidão de pequenas ondas. Do outro lado do mar Adriático chegavam os últimos sopros de uma bora* a essa altura cansada. Por algum tempo fomos andando em silêncio, as mãos nos bolsos.

– Sua mãe quer que eu fale com o senhor – começou o sacerdote –, mas preferiria que o senhor mesmo o fizesse.

– Não tenho nada a dizer – respondi, acendendo um cigarro. – Ou melhor, tenho sim: ela não se matou.

– O que lhe dá essa certeza?

– O fato de ela amar a vida. Ela era a vida e uma nova vida estava nascendo dentro dela.

Dom Marco suspirou.

– Sendo assim, tudo se torna mais grave.

– Como assim?

– Já não se trata de vontade, mas da cegueira do destino. Às vezes o machado desce e...

– E golpeia a esmo, sem discriminar... – concluí.

– E não quer nem saber, não respeita ninguém. Seria bom se pudéssemos guiá-lo, iludirmo-nos pensando que há uma seleção, que ele desce e acaba com a vida dos maus, dos cansados, dos doentes... Mas, em vez disso, golpeia os justos, os jovens, os fortes, os apaixonados pela vida. Não é possível deixar de se revoltar.

---

* Bora: vento de nordeste típico de Trieste, mas que pode atravessar o mar e chegar até Ancona. (N. do T.)

– Não pensei que "revolta" fosse uma palavra condizente com os padres.

– Os padres também são seres humanos, e revolta é uma palavra que condiz com os seres humanos. Não é possível assistir ao sofrimento inocente e ficar indiferente.

– E como acha que, a essa altura, eu poderia me revoltar? – perguntei, cansado. – Tudo já aconteceu.

– Corra atrás dessa dor, persiga-a, não a deixe em paz. Exija uma resposta.

– Mesmo que a conseguisse, de que adiantaria? De qualquer maneira, minha vida foi aniquilada.

– A vida como a conheceu acabou, mas o senhor está vivo, é jovem, não pode nem imaginar quantos horizontes ainda podem se abrir.

– O meu horizonte era Nora, o meu horizonte era David.

– Mas Nora continua a seu lado, assim como o menino. O poder do amor supera a fragilidade da nossa condição.

O silêncio voltou a envolver nossos passos.

Uma parte de mim queria gritar: "Não acredito em nada disso! Eles estão naquela fogueira, estão naqueles pobres ossos calcinados", enquanto outra acabou dizendo:

– O que está tentando fazer? Me consolar?

– Não há consolo humano para aquilo que o senhor sofreu. Seria como pôr um esparadrapo numa ferida de bazuca.

– E de que adianta, então, essa conversa?

– As conversas nunca adiantam.

Com um passeio circular, estávamos novamente diante da casa dos meus pais.

– Lembre-se do Cordeiro – disse dom Marco ao se despedir. – As mortes inocentes recaem todas nos ombros dele.

Quinze

Nos primeiros anos aqui em cima vivi em absoluta solidão. Se algum turista parecia intencionado a parar, eu deixava logo a entender que seria melhor mudar de ideia. O espaço físico até que existia – um beliche no pequeno aposento atrás da cozinha –, mas o que francamente não existia era o espaço no meu coração. Eu estava convalescendo, as feridas ainda não estavam completamente curadas, bastaria um movimento brusco para reabri-las. Era por isso que eu precisava ficar calado, imóvel, como um bicho enroscado em sua toca, para recobrar as forças. Com o passar do tempo as coisas mudaram, o silêncio operou com seu poder taumatúrgico, devolvendo-me o desejo de encontrar os outros.

Agora, quando alguém quer ficar alguns dias, hospedo-o com prazer. Há quem ame de cara essa minha maneira de viver, enquanto outros, embora a desejando, só aguentam umas poucas horas. Na manhã seguinte, de olhos cavados, marcados pelo sono e pela inquietação, vão logo falando de repentinos compromissos que os forçam a partir.

Obviamente, estou farto de saber que o único compromisso verdadeiro deles é com a ansiedade, aquela sensação de incerteza e precariedade que, na solidão, os leva a se sentirem subitamente alheios à própria vida. De repente veem a si mesmos e, como não se conhecem, têm medo. Por isso decidem voltar apressadamente lá para baixo, mergulhar no burburinho e nos espelhos, ansiosos por rir, dançar, fazer barulho na companhia dos outros, apagar aquele espectro que os persegue com o olhar cheio de perguntas: "Quem é você? Saia da minha frente! Não perturbe o atordoamento no qual desperdiço meus dias".

Nos primeiros tempos da nossa vida juntos, fiquei surpreso com um hábito seu que eu ignorava – todas as manhãs, depois do café, você voltava para o quarto e ficava entocada por pelo menos meia hora, sem querer ser perturbada. No começo eu até brincava:

– Como é? Vai tirar mais uma soneca?

Em vez de responder, você olhava para mim com um sorriso mais enigmático que o da Mona Lisa.

De certa forma, comecei então a sentir ciúme – como era possível que houvesse alguma coisa que você não partilhasse comigo, por que motivo eu sempre tinha de parar no limiar? Tentei até distraí-la com alguma desculpa prática.

– Temos muita coisa para fazer para terminar isto ou aquilo... Você precisa dar um jeito nessa bagunça... Estamos atrasados, como pode continuar perdendo tempo?

– E quem disse que estou perdendo tempo? – você respondia, imperturbável, fechando delicadamente a porta atrás de si.

Somente uma vez, durante um passeio pelos montes da Maiella, você chegou a mencionar aqueles seus momentos.

Estávamos sentados nos planaltos lá nas alturas, David ainda não tinha nascido, e de repente você me indicou o brilho azulado do mar ao longe, as nuvens no céu e os rochedos que nos cercavam.

– Procure entender, quando a gente conversa com o eterno, nunca perde tempo.

Enquanto eu tirava os sanduíches e as garrafas térmicas da mochila, você, com um suspiro de felicidade, se esparramou no chão, e, com os olhos perdidos no céu, recitou uma de suas poesias preferidas.

Acho que uma folha de grama não vale menos que um dia de
trabalho das estrelas,
e igualmente perfeita é a formiga, assim como um grão de areia ou
o ovo da garriça,
e uma perereca é uma das maiores obras-primas,
e as trepadeiras poderiam enfeitar os salões do céu,
e a mais ínfima linha da minha mão vale mais que qualquer engenho,
e a vaca que rumina cabisbaixa supera qualquer estátua,
e um camundongo é um milagre suficiente para fazer vacilar
miríades de descrentes.

Aquelas palavras ficaram algum tempo pairando no ar, aí almoçamos em silêncio, acompanhados pelo assovio do vento.

O encantamento só se dissolveu no caminho de volta, quando, de repente, no silêncio do bosque de faias, uma motosserra explodiu seu ladrado.

O livro de Whitman é uma das poucas coisas suas que trouxe comigo para cá, o tempo já lhe amarelou as páginas, algumas bastante gastas – pois você gostava de saber as poesias de cor.

– Quero ter na cabeça uma biblioteca inteira – costumava dizer enquanto se exercitava –, pois do contrário poderia até pensar que o mundo só consiste em comer, dormir, trepar e morrer.

– E o que há de errado nisso? Não é isso que fazemos? – perguntei.

– Isso os cachorros também fazem, e os melros, e os macacos. Dos répteis para cima, todas as vidas são monótonas.

– E daí?

– Daí precisamos aprender a distinguir a filigrana, o que está escondido na parte mais secreta dos dias.

– E isso não tem a ver com os cachorros também?

– Os cachorros não precisam aprender. Assim como tampouco precisam as folhas de grama, as garriças, as pererecas. Eles todos já vivem mergulhados no rio da Sabedoria. Só nós precisamos correr atrás dele.

Durante todos os anos do nosso relacionamento, nunca procurei saber o que você via em mim – você me amava, eu a amava, e isso tornava inútil qualquer outra pergunta. Não procurei saber nem mesmo quando a dor ainda era terrivelmente excruciante. O machado havia me cortado em dois, mas a metade que faltava continuava sendo uma parte de mim. As perguntas começaram a vir à tona depois que a tempestade amainou e o mar se transformou em lago. Ao me olhar no espelho, via as algas ondeando preguiçosas e, entre elas, podia enxergar meu rosto – um rosto assustado, cheio de coisas que eu queria entender.

Você conversava com o eterno, e eu?

Eu era um marido chato, previsível, desprovido de qualquer brilho. Só pensava no trabalho, no empréstimo que faria para comprarmos nossa primeira casa e nas reuniões do condomínio, onde eu acabava sempre brigando. Nos primeiros anos, eu trabalhava no pronto-socorro, e aqueles mergulhos cotidianos no sofrimento me afastavam de qualquer tipo de poesia. Sentia-me grato por aquela que você me oferecia – voltar para casa era um verdadeiro bálsamo, mas, por mim, eu não teria sido capaz de apreciar um único verso. Se não fosse por você, provavelmente ficaria esparramado no sofá com um copo de uísque na mão.

Então, quando comecei a trabalhar somente como cardiologista, meu horizonte se tornou ainda mais limitado. Corria de um lado para o outro fazendo cursos, participando de congressos – naquele tempo a tecnologia estava progredindo vertiginosamente no meu campo. Às vezes voltava até eufórico e, na mesa, contava-lhe as extraordinárias vantagens diagnósticas dos mais modernos aparelhos, ou a rotina com que já se substituíam as válvulas doentes por válvulas artificiais ou de origem animal. Você era curiosa e me ouvia com grande interesse. Certa noite, sempre a respeito das válvulas, perguntou de qual animal eram tirados os tecidos.

– Do porco – respondi. – Há uma grande afinidade entre o porco e o homem, de forma que os problemas de rejeição são menores.

Você caiu na gargalhada.

– Quer dizer que, afinal, não somos macacos, mas porcos, e isto aqui – você continuou, passando a mão no meu braço –, presumo que não são pelos, mas cerdas...

Aí eu comecei a grunhir enquanto David, do banco, batia palmas, arrebatado. Ele adorava os animais da fazenda. Então, depois do porco, também tive de bancar o galo e, depois do galo, o cão e o gato. Você ficou com a vaca e o coelho, e daí, na hora do pintinho piar, você conseguiu enfiar na boca dele a colher com a papinha, que já estava esfriando no prato.

Mais tarde, quando David já estava dormindo e a gente relaxava no sofá, você se virou para mim e perguntou:

– Você acha possível que um dia um coração humano seja substituído pelo de um porco?

Pensei por uns instantes, e aí respondi:

– É provável que, cedo ou tarde, se consiga algo parecido. Talvez o coração de um porco ou um órgão artificial.

Uma sombra anuviou seu rosto, você segurou minha mão e a apoiou em seu coração.

– Quero que me prometa uma coisa – murmurou. – Prometa que, mesmo que um dia eu precise, nunca fará uma coisa dessas comigo, não tirará meu coração para botar no lugar dele o de um porco.

Foi a minha vez de segurar, delicadamente, sua mão.

– Não, não posso lhe prometer isso – respondi, fitando-a intensamente nos olhos. – Se sua vida corresse algum risco, poderia colocar em você até o coração de uma girafa.

Você pegou de novo a minha mão.

– Não faça isso, Matteo – repetiu –, não faça uma coisa dessas, eu lhe peço. Se um dia isso acontecer, deixe-me partir.

Você raramente usava meu primeiro nome, enquanto eu enchia a boca com o seu. Aquele nome ficou suspenso entre nós como uma frágil ponte de cipós.

– Mas e se... – tentei objetar.

Seu indicador fechou meus lábios.

– Não fale nada – sussurrou, com uma voz quase imperceptível. – Não se preocupe, haverá outro tempo para ficarmos juntos.

Então, de súbito, a risonha hilaridade voltou a iluminar seu rosto. Você pegou uma almofada e a jogou na minha cara.

– O que você realmente gostaria de fazer é me transformar numa porca!

– Uma porca? Claro! – respondi, defendendo-me com outra almofada. – O que há de errado em desejar uma porca? Você já disse que eu tenho cerdas, não disse? Então?

Naquela noite fizemos amor longamente, em silêncio, suspensos numa delicada ternura que até então desconhecíamos. Estávamos lá, nós dois, cercados por uma noite que continha todas as outras – a noite do meu coração, do seu, a noite em que fomos gerados e aquela em que concebemos nosso filho, e até a noite maior e mais misteriosa de todas, a que, de repente, reabsorveria em si nosso derradeiro suspiro.

Naqueles instantes, o enredo da vida estava à mostra e nos oferecia o inerme rosto de sua fragilidade. Por isso nos mexíamos devagar, respirávamos baixinho e, por isso mesmo, ainda mais baixinho, murmurávamos:

– Te amo...

Dezesseis

Ontem foi a última noite do ano.

Sentei-me no banco, perto do estábulo, para olhar os fogos de artifício que iluminavam o vale. Alguns deles explodiam com estrondo e, por causa do barulho, as ovelhas baliam irrequietas e os pássaros saíam em repentinas revoadas bem no meio da noite. Certa vez cometi o erro de ficar na cama e fui tomado pela mesma agitação que deixa inquietos pássaros e ovelhas: a escuridão era rasgada por toda uma sequência de assovios e estouros, o ar em volta vibrava, não havia alegria naquela vibração, antes, opressão, medo, sensação de ameaça e morte. Por isso, agora, quando há fogos, saio para vê-los – observar as esteiras luminosas alivia, em parte, o medo instintivo daquelas explosões.

Você não gostava das festividades de são Silvestre. Certa vez em que lhe pedi para me acompanhar a uma festinha entre colegas, ficou muda a noite inteira. Ao chegarmos em casa, com as roupas ainda cobertas de confete, a provoquei:

– Você podia pelo menos fingir que estava se divertindo!

– Bem que eu teria gostado, mas não consegui – você respondeu, com voz desanimada.

Da mesma forma, você também detestava o Carnaval. Todo ano éramos invariavelmente convidados a alguma festa e, às vezes, eu tentava despertar seu interesse:

– Poderíamos nos fantasiar de coelhos – sugeria –, ou então de antigos egípcios.

Você dava de ombros, arregalando ceticamente os olhos:

– Mas você não gosta de se fantasiar!

– É verdade, mas tento encontrar um meio-termo. Não me parece lá muito simpático recusarmos o tempo todo, continuarmos a bancar os ursos rabugentos. Quem sabe dessa vez a gente pode se divertir...

– Só nos divertimos porque o álcool nos dá uma ajudazinha, se tomássemos só suco, descobriríamos logo que estamos bancando os idiotas vestidos de trapos.

Às vezes eu não conseguia aceitar sua intransigência. Eu tinha um trabalho, e esse trabalho me levava a ter toda uma série de relacionamentos que precisavam ser cultivados, e, além do mais, eu não gostava de ser grosseiro.

– Se você pode se dar ao luxo de ficar aqui o dia inteiro, brincando com lápis de cor e cartolina para ajudar as crianças, é porque eu fico ralando no hospital, e você não pode nem imaginar quantos "sins" engasgados tenho de dizer para continuar tocando o barco.

– Está querendo jogar alguma coisa na minha cara? – você perguntou, subitamente imóvel.

– Não é nada disso, só estou descrevendo a realidade – respondi com menos veemência.

– Uma realidade que começa a incomodá-lo?

Em seu olhar havia alguma coisa séria, algo que me atemorizava.

– Não, por que está pensando isso?

– Esqueceu o nosso trato?

Claro que eu não esquecera, havíamos combinado tudo no carro, quando íamos nos casar – você escolhera uma igrejinha escondida entre as colinas do interior, os convidados mal davam para encher as primeiras fileiras.

Quando você me falou de casamento, para dizer a verdade, não senti o menor entusiasmo.

– Acha que é mesmo necessário? – perguntei. – Nosso sentimento não é suficiente?

Parecia-me ridículo participar de uma cerimônia da qual não compreendia o sentido, mas você foi tão astuciosa que só decidiu mencionar o assunto num domingo, enquanto almoçávamos na casa dos meus pais. Minha mãe ficou logo animada, e até meu pai pareceu bastante satisfeito. A partir daí, perdi completamente o controle da coisa, que se transformou numa conspiração de mulheres, sem eu saber de nada. Durante meses a fio o acontecimento deu novo alento às nossas mães – era uma contínua troca de telefonemas, de acordos, de conselhos.

Claro, minha mãe teria gostado de algo mais suntuoso, de algo socialmente mais relevante, mas no fim contentou-se até com aquela capela solitária. Para ela, qualquer coisa era melhor do que um detestável casamento civil, tão na moda naquele tempo, ou, pior ainda, que a anônima nulidade de uma convivência.

Alguns dias antes da cerimônia, fui tomado pelas dúvidas.

– Sinto-me desonesto – confessei-lhe –, estou a ponto de tomar essa decisão só para contentá-la, só para evitar problemas familiares, pela felicidade daquela beata da minha mãe, mas eu não sou carola e...

– Eu também não! – você rebateu decidida, e aí, com ar malicioso, acrescentou: – Por quê? Já encontrou uma substituta?

– Não diga bobagem! Eu vou amá-la para sempre! Só que, entenda... Não tenho um bom relacionamento com Deus.

– Se for por isso, eu também brigo o tempo todo com ele.

– ... acontece que eu realmente não acredito, e, portanto, não gosto nem um pouco dessa palhaçada.

Então você segurou minha mão e, como uma cartomante, começou a acompanhar com o dedo as linhas da minha palma.

– Agora... de qualquer maneira... vamos ver... vamos ver... Aqui parece que amará mesmo uma só mulher e...

– ... e?

– Acredita mesmo nesse amor?

– Nora, você é toda a minha vida! – protestei, abraçando-a.

Então você aproximou sua boca de meu ouvido:

– Acho que, nesse caso, Ele acredita pelo menos um pouco em você – sussurrou.

Após recusarmos o Mercedes com o motorista, coisa de que minha mãe fazia a maior questão, fomos até a igreja com o meu Dyane bege. Antes de sairmos – já vivíamos juntos fazia um bom tempo –, você me forçou a tirar do colarinho a gravata-borboleta vermelha que, com muito orgulho, eu decidira usar – talvez um inconsciente sinal de protesto.

– Você sabe muito bem que seu pai detesta essa cor – você disse.

E quando, como um bobo, eu respondi sem pensar:

– De qualquer maneira ele não vai ver... –, você achou por bem me aniquilar com um olhar de que ainda me lembro.

Percorrendo a estrada entre os campos, quem quebrou primeiro o silêncio foi você.

– O padre vai dizer muitas coisas, mas antes quero que você me prometa uma coisa.

– O quê? Quer que eu lhe leve, todas as manhãs, o café na cama?

– Não estou brincando.

– Então?

– Prometa que nunca nos culparemos de nada.

– Faz tanta questão assim?

– Faço.

Então tirei a mão do volante e, solenemente, respondi:

– Prometo!

Afinal chegamos à igreja. Meu pai esperava por você na porta. Na falta do seu, fizera questão de ser ele a acompanhá-la ao altar, e ele fez isso sem bengala, caminhando firme e seguro como se a estivesse vendo claramente diante de si. De tudo o que o sacerdote disse, não escutei uma única palavra. No primeiro banco, atrás de mim, estava minha mãe, e o único som que eu ouvia era seu contínuo assoar. Já na hora de descer do carro tinha os olhos úmidos e, nos primeiros acordes da marcha nupcial, aquela umidade se transformou num irrefreável choro que me deixava terrivelmente irritado. Teria gostado de me virar para ela e lhe dizer:

– Chega! Pare com isso! Não há motivo para chorar!

Devo confessar que respondi "sim" quase sem pensar. Só na hora de enfiar a aliança no seu dedo que meu torpor subitamente sumiu – em seu rosto havia uma luz extraordinária. Até então nunca me dera conta de que sua pele era tão lisa, tão macia, não percebera que dentro de você havia um sol, e que aquele sol resplandecia através de seus olhos, sem encontrar nenhum obstáculo.

Aquela primeira traição do nosso trato – o de nunca nos culparmos – aconteceu poucos meses antes de concebermos David. A gravidez nos levara a um mundo novo e, talvez por isso, deixamos de ter enfrentamentos daquele tipo. Aquele meu primeiro – e único – rompante, de qualquer maneira, deixou-a magoada por vários dias.

– Quando se jogam coisas na cara do outro – repetia, perambulando meio perdida pela casa –, já não há duas pessoas no relacionamento, mas três: eu, você e o cupim que começou a carcomer a nossa história. Na escuridão da matéria, os cupins trabalham com discrição – dizia –, cavam galerias por anos a fio, e, a não ser por algum incômodo irrelevante, a gente nem se dá conta deles. Aí, certo dia, você coloca a xícara na mesa e a madeira cede, desmorona, e, num instante, a superfície sólida que conhecíamos se transforma num monte de serragem fofa.

Nesses anos todos, pensando em você e ouvindo as histórias das pessoas que aparecem aqui em cima, percebi que não há nada mais difícil do que caminhar um ao lado do outro. Está lembrada de quando passeávamos nas montanhas? Saíamos juntos, animados, e aí, a certa altura, sem querer eu a deixava para trás e seguia adiante. Só diminuía o ritmo de minhas passadas quando a ouvia gritar:

– Estou cansada de falar com as suas costas! –, e então eu voltava para o seu lado, fazendo o possível para não me distanciar de novo.

– Calma, ande mais devagar... – você continuava a dizer.

– O que eu posso fazer se tenho as pernas mais longas? – eu respondia.

É o que acontece também com os encontros: a certa altura da vida nos vemos, nos gostamos, ficamos convencidos de que somos feitos um para o outro, e é justamente essa sensação que torna íntimo o relacionamento. No começo somos levados a pensar que essa convicção tem o mesmo poder de coesão do cimento, mas só com o passar do tempo percebemos que o que nos une tem a densidade variável de um elástico. Havia um "você" antes de mim e havia um "eu" antes de você, e aqueles "você" e "eu" percorreram caminhos diferentes, e muitas vezes são justamente aqueles caminhos que de repente voltam a fazer ouvir seu irresistível chamado. Diante do extraordinário que você conseguia ver em nossa vida de todos os dias, eu permanecia relativamente cego. Achava graça, me distraía, usava a luz que você me enviava, mas nunca, nem por um só momento, pensei que meu passo pudesse harmonizar-se com o seu. Éramos diferentes, e me parecia importante manter essa diversidade. Eu tinha minha individualidade e você a sua – evitar a aniquilação mútua parecia-me um sinal de maturidade. Só mais tarde, só quando fiquei sozinho, compreendi que se anular e caminhar juntos são duas realidades profundamente diferentes.

Apesar de sua aparente fragilidade, você possuía uma maturidade interior muito superior à minha. Eu tinha a certeza das coisas práticas, e essa certeza, em muitos casos, empurrava-me às raias da arrogância. Você, por sua vez, movia-se com leveza, mas em sua leveza não havia qualquer sinal de indecisão. Apesar de parecer meio aérea, você sabia muito bem para onde ia. Para ouvi-la, eu deveria ter sido humilde – um sentimento que na época eu desconhecia.

Por isso muitas vezes me surpreendi pensando – muitos anos depois que vocês me haviam deixado sozinho – que algum dia, seguindo em frente, nossos caminhos provavelmente se separariam. Você continuaria marchando com seu passo regular rumo à meta – o abrigo, o pico, a estrela polar que norteava todo seu pensamento; e eu, não enxergando nada daquilo que você via, a certa altura começaria a ficar enfadado. O tédio acabaria gerando o desejo de diversão, de forma que, diante de uma encruzilhada, cedo ou tarde eu diria:

– Estou curioso, quero ver aonde essa trilha vai dar. Pode seguir em frente, logo mais eu a alcanço.

Mas, depois da bifurcação, encontraria uma trilha, e, depois da trilha, uma senda intransitável – talvez traçada por algum cabrito montês –, e também a acharia interessante. Então seguiria adiante, mais e mais, até que, quase sem perceber, a noite do não retorno desceria rapidamente sobre meus passos. Claro, você poderia voltar atrás, parar, explicar, mostrar no céu aquela estrela que eu não conseguia ver. Poderia fazer isso, e faria na certa se eu não tivesse os ouvidos tapados, os olhos fechados. Teria feito isso se eu tivesse baixado a guarda, se, em vez do médico capaz de controlar as batidas do coração, você tivesse tido diante de si o menino que se deitava na grama, o menino que olhava para o céu e ficava assustado, o menino que olhava para as nuvens e se perguntava: *A alma existe? O que é? De onde vem? Para onde vai?*

Dezessete

Uma vez de volta a Roma, fui morar num apart-hotel não muito longe do hospital onde tinha voltado a trabalhar. Aparentemente, minha vida voltara a ser a de sempre – sorria ao ouvir as piadas dos colegas e, vez por outra, até conseguia contar alguma. Tratava-se, obviamente, de técnicas de camuflagem não muito diferentes das que os animais usam quando querem fugir do olhar do predador. O disfarce do doutor se movia sem problema nos corredores, confortava os pacientes, cumpria suas obrigações com absoluta eficiência, mas, no fim das contas, era apenas um disfarce. O verdadeiro Matteo já não estava ali. O verdadeiro Matteo, desde a tarde daquele domingo, se transformara num mergulhador. Ficava lá, em pé na beira elástica do trampolim, com os músculos retesados, o olhar concentrado, e balançava ritmicamente os braços para frente e para trás, antes de pular. Mas não havia água lá embaixo, somente a obscura plaga do abismo. O espaço onde você viera morar estava agora vazio, havia aquela cavidade dentro de mim que não era muito diferente da carapaça das tartarugas quando a morte dissolve o animal que morara ali. Podia botar a cabeça para fora, analisar tudo que havia em volta, podia pronunciar palavras, até berrá-las, e ficar parado lá, ouvindo o eco.

No começo era muito difícil ficar sozinho – à noite e aos domingos os colegas faziam o possível para me convidar para jantar na casa deles; uns jamais mencionavam o que acontecera, ao passo que outros, com mais ou menos discrição, procuravam me dar conselhos.

Certa vez uma colega me convenceu a aparecer num centro de meditação. No entender dela, se eu conseguisse meditar, teria aprendido a me afastar das coisas e a reencontrar a paz. A lembrança de seus retiros matinais levou a melhor sobre a minha perplexidade. Talvez você também, naquele tempo misterioso, se dedicasse a alguma atividade daquele tipo, e, se eu fizesse o mesmo, quem sabe pudesse de alguma forma alcançar um tipo de comunicação com seu mundo. Mas, depois de apenas dez minutos sentado ali no chão, ao lado dos demais, fui tomado por um irrefreável nervosismo, e, quando pela décima vez o mestre repetiu com expressão estática:

– Deixem fluir os pensamentos, esqueçam os vínculos, abram o coração à felicidade e à alegria... –, dei um pulo e fui embora, batendo a porta. Eu queria continuar preso a você, pois, sem você, não era possível ser feliz.

Alguns meses mais tarde, uma vizinha do apart-hotel propôs um jeito de eu me comunicar com você. Ela tinha uma amiga médium muito séria que ficaria feliz em me ajudar. Posso imaginar seus comentários irônicos vendo-me recorrer a uma vidente, mas, naquela época, estava tão desesperado que teria feito qualquer coisa para falar com você, para revê-la nem que fosse por um único instante: para lhe fazer a pergunta escondida no fundo do meu coração havia vários meses.

Era quinta-feira de Carnaval quando fui vê-la. Para chegar à casa da mulher, no bairro Monti, tive de abrir caminho numa verdadeira multidão de foliões – vez por outra alguns deles jogavam punhados de confete na minha cara ou tocavam trompete em meus ouvidos gritando "Alegria!" Eu empurrava todos para longe, furiosamente, e, quando alcancei o interfone, apertei o botão como a esmigalhá-lo na parede.

Ela morava no último andar – um espaço minúsculo que dava para uma varandinha cheia de plantas despojadas pelo frio, além da qual se vislumbrava a selva de antenas e campanários do centro de Roma.

O ar estava azedo, cheirando a urina de gato – na penumbra que envolvia todas as coisas, podia ver brilhar os olhos dos bichanos, enquanto os rabos pendiam preguiçosamente de estantes e sofás.

Entrando, a vidente – Flora era seu nome – me apertou num caloroso e inoportuno abraço que me deixou ainda mais tenso e menos à vontade. Não era jovem, tinha aquela idade indefinida que leva os homens a não se interessarem mais pelas mulheres. De formas um tanto arredondadas, não era propriamente alta, mas tinha uma imponente cabeleira negra dominando o topo da cabeça. Recebeu-me num xale de lã, provavelmente tricotado por ela mesma, e com umas pantufas já sem forma nem cor nos pés. Mais que uma criatura misteriosa, parecia antes o zelador de um velho edifício decadente, de classe remediada.

Mandou-me entrar numa espécie de saleta e se sentou numa poltrona diante de mim. Havia uma mesinha redonda entre nós, e, em cima dela, uma lâmpada que iluminava fracamente nosso rosto.

– Quer dizer, então, que você é o Matteo – repetiu umas duas ou três vezes, com o tom pacato de uma tia velha. – Matteo... Matteo...

Eu sentia crescer uma certa inquietação em mim – uma inquietação de irritação. O que dera em mim, ficava matutando, para cair numa armadilha como aquela? Aquele antro estava saturado de misticismo, e eu me metera nele como um franguinho a ser depenado. Agora me levanto e vou embora, não parava de pensar, antes que ela comece a encenação, antes que esbugalhe os olhos e que a mesinha comece a levitar, antes que comece a falar com voz de ogro... Levanto-me e, educada e firmemente, digo que não estou a fim de usufruir de seus serviços e me despeço. Já sonhava com a felicidade de respirar o ar puro das escadas quando, com as mãos gorduchas que cheiravam a cebola, ela segurou minha mão e perguntou:

– Você gostava muito dela, não é?

Livrei-me desajeitadamente do aperto e, depois de uma longa pausa, respondi:

– Amava-a a ponto de vir aqui.

Não creio que ela tenha sido capaz de reparar no sarcasmo de minhas palavras. Atrás da porta, um gato cavava e raspava a areia da caixinha com furiosa paixão.

– Você é como são Tomé, não é? Só acredita no que vê.

– É isso mesmo.

– Então por que veio aqui?

– Para não desapontar minha vizinha – respondi, tentando disfarçar meu desagrado.

Flora sacudiu lentamente a cabeça, como poderia fazer uma tia velha diante de uma mentira do sobrinho.

– Não, você veio porque a amava. Amava sua mulher, amava seu filho, e sem eles se sente perdido.

– Poderia ser diferente?

– Diga-me uma coisa, quando você toca o amor, que forma descobre, que cor consegue ver? Você pode segurá-lo, medi-lo, fechá-lo num envelope ou numa gaveta?

– É claro que não, mas, de qualquer maneira...

– De qualquer maneira está com saudade dele, você não sabe o que é, mas sente sua falta. Há um vazio em você agora, um grande vazio, e você não sabe como preenchê-lo. Talvez, antes de se apaixonar, você nem sabia que ele estava ali, mas agora sabe, e já não pode viver como antes.

Fiquei calado. Como ela podia saber da grande carapaça cheia de ecos que eu trazia dentro de mim?

A vidente fechou os olhos.

– O amor existe diante de nós – disse baixinho –, o amor existe atrás de nós, o amor está à nossa volta, mas nem sempre conseguimos agarrá-lo, nem sempre dispomos das antenas certas para captar seu comprimento de onda... E você sabe por quê?

– Não – respondi, e, ao ouvir minha voz, fiquei surpreso com sua vibração infantil.

– Não é por maldade, as pessoas realmente más são muito poucas, mas por distração, por incapacidade de ouvir, por falta de confiança. O amor não dá para medir, para pesar, não se pode comprá-lo, ele não se sujeita a nenhum tipo de manipulação. Então preferimos pensar que ele não existe, que podemos viver sem ele.

Enquanto ela falava, um bichano estriado com olhos cor de esmeralda pulou em seu colo. Ela o acariciou, retomando seu discurso.

– Você agora está vendo este gato, Uriel. Está vendo seu corpo, mas o corpo não é sua única realidade. Junto com o pelo, com os bigodes e com o rabo vive outra entidade, uma entidade de luz.

Sentia-me perdido, à deriva, tinha medo de soltar as amarras, então, para trazê-la de volta ao meu terreno, perguntei-lhe:

– Também existem ratos de luz?

– Ratos? Claro... Ratos, borboletas, folhas de grama. Por menor que seja, toda partícula de matéria contém uma fagulha de luz: o que não vemos e o que não entendemos formam o grande rio de ouro que corre à margem de nossos dias.

– E é ali que estão os mortos?

Uriel se espreguiçou e pulou no chão.

– Os mortos não existem – ela disse –, existe apenas uma maneira diferente de estarmos vivos.

Então fechou os olhos e, por um tempo que me pareceu interminável, ficou em silêncio. A pia da cozinha gotejava, e, da rua, chegava o rumorejar abafado dos foliões. Quando voltou a abri-los, seu olhar tinha uma intensidade diferente.

– Algumas pessoas acreditam – disse – que eu seja uma espécie de linha telefônica. Querem falar com seus entes queridos como se estivessem segurando o aparelho. Mas não é o seu caso... você... você tem uma pergunta.

– Todos têm.

– É verdade, mas você tem uma pergunta... para Nora. Só uma, e é como um caruncho que corrói seu coração.

– Pois é – murmurei, vencido –, você tem razão.

– Agora vou tentar entrar em contato com ela e você vai formular a pergunta, mas não a faça em voz alta. Só terá de repeti-la dentro de si, pensando nela, que estará sentada à sua frente.

Depois de dizer isso, fechou novamente os olhos e seu corpo começou a tremer levemente, como se estivesse nos primeiros estágios da doença de Parkinson.

Eu estava perplexo, atônito, indeciso.

O que devia fazer?

Aceitar a brincadeira?

Mas seria de fato uma brincadeira?

E mesmo sujeitando-me às regras do jogo, isso me custaria alguma coisa? Ninguém jamais saberia, eu simplesmente arquivaria a experiência na memória como um dia qualquer de Carnaval, talvez mais pitoresco que os demais.

Então também fechei os olhos e procurei recriar sua imagem em minha mente. A primeira visão que tive foi a da fogueira, a partir dela materializou-se nosso primeiro encontro – o da fatia de torta e do açúcar de confeiteiro espalhado em seu rosto –, aí, logo a seguir, você estava no sofá amamentando David... Uma roda-viva de lembranças começou então a correr diante dos meus olhos fechados... Então, de repente, as imagens esmaeceram e a tela atrás das pálpebras ficou escura... E naquela escuridão minhas narinas começaram a sentir um cheiro. O seu cheiro – o cheiro que sentia todas as manhãs quando você acordava, a meu lado, na cama.

Aquilo era um sinal ou apenas uma sugestão?

De qualquer maneira, meu coração começou a bater mais rápido – agora podia ver claramente o seu rosto, o ar feliz e dorminhoco com que se espreguiçava após desligar o despertador. Você estava ali, ou pelo menos era o que parecia. Naquele preciso momento, Flora, com voz distante, murmurou:

– Chegamos... agora...

A essa altura, meus batimentos cardíacos estavam totalmente descontrolados.

– Você realmente se matou? – perguntei.

Quando saí da casa da vidente, a escuridão já havia tomado conta das ruas da capital. Em vez de voltar para casa, acompanhei o fluxo dos foliões. Em Campo dei Fiori, uma jovem se aproximou e ofereceu-me uma pequena máscara preta, como a do Zorro. Peguei-a e, com ela no rosto, comecei a entrar e sair dos bares até a alvorada me surpreender, adormecido, nos degraus da igreja de santo Agostinho.

Quando acordei, não lembrava quase nada do dia anterior, só recordava a última frase que a médium disse quando eu já ia descendo as escadas:

– Não se esqueça do rato!

Peguei o ônibus caminhando num tapete de confete e serpentina. Já em casa, lavei o rosto para chegar ao trabalho na hora certa. Durante a costumeira visita matinal aos pacientes, uma colega se aproximou e tirou um pedacinho de papel colorido dos meus cabelos. Aí, piscando para mim, comentou:

– Caiu na gandaia ontem, não foi?

Na verdade eu finalmente tinha encontrado coragem para pular do trampolim – de braços esticados acima da cabeça e de músculos contraídos, estava voando rumo ao abismo.

Dezoito

O QUE DIZER DAQUELES ANOS? COMO FALAR A RESPEITO DELES sem ficar profundamente envergonhado? O fio de ouro que me mantinha ligado a você, nessa altura, se partira, já não havia ninguém que me forçasse a justificar os meus atos – ninguém para quem os meus atos fizessem sentido. Depois da tragédia, minha mãe começou a definhar, seu autoritarismo desapareceu, substituído por um resignado silêncio. Passava a maior parte do tempo diante da televisão, com agulhas na mão. Havia acabado de tricotar um suéter para David justamente no dia de sua morte – e agora fazia e desfazia aquele agasalho o tempo todo, sem parar. De vez em quando comprava um novelo da mesma cor e passava para um tamanho maior. – Como ele cresce! – ela costumava dizer, quando eu ia visitá-la. – Por mais que trabalhe depressa, não consigo acompanhá-lo.

A reação de meu pai, por sua vez, fora mergulhar mais ainda na vida. Graças à amizade e ao estímulo de um jovem, tinha finalmente criado coragem para se matricular na faculdade de direito. Gravava as aulas e aí, na cozinha, ficava até de madrugada ouvindo várias vezes a fita. A justiça se tornara para ele uma verdadeira mania. Estava convencido de que, com a tragédia de sua infância, já pagara qualquer dívida que porventura tivesse com a dor. Quando, porém, à sua desgraça se acrescentara a minha, seu famoso adágio "a gente precisa se conformar" começou a vacilar. Uma vez que na escuridão de seus dias o Responsável não lhe dera qualquer tipo de resposta, procurava encontrar agora algum alívio naquilo que havia sido escrito pelos homens. Desembaraçar-se entre sofismas e bem articuladas falácias se tornou sua maneira de aplacar a ansiedade. À noite, quando eu estava lá, passava horas me explicando as sutilezas do direito romano.

– É como um diamante bem lapidado – costumava dizer –, de qualquer lado que você o vire, ele sempre será absolutamente perfeito e luminoso. Sua luz é capaz de iluminar até as situações mais obscuras.

Dois anos mais tarde, minha mãe escorregou e ficou estirada na calçada, enquanto eu caminhava a seu lado na rua. Nada provocara seu tropeço. Ao levantá-la, percebi quão leve se tornara – a dor ressecara-a sem a gente se dar conta, só haviam restado os ossos e pouco mais. E aqueles ossos, como descobrimos logo a seguir, já estavam completamente carcomidos. Se você deixar a lenha amontoada por muito tempo, ela perde a umidade, fica ressecada, torna-se alimento para uma grande quantidade de insetos – e se tentar levantar um tronco, descobre, surpreendentemente, que pesa tanto quanto um galho. Com a minha mãe acontecera o mesmo. Enquanto a vida prosseguira conforme o ritmo próprio da natureza – os filhos, os netos e, quem sabe, algum dia, os bisnetos –, ela mantivera a força e o vigor de um carvalho.

Mas aí, quando o machado da desgraça desceu implacável, a força se transformou em extrema fraqueza, e a seiva deixou de correr. As fendas da casca foram invadidas por fungos, bactérias, larvas de coleópteros que, trabalhando animadamente na escuridão e no silêncio, haviam transformado sem demora a solidez da estrutura numa montanha de impalpável serragem.

O tumor nos ossos já estava num estágio adiantado. Em vez de entregá-la às mãos dos meus colegas, preferi deixá-la em casa, assistida por uma enfermeira e por meu pai. Só levou mais um mês para nos deixar. No dia do funeral, encontrei um bilhete no bolso de seu roupão. Com escrita trêmula, escrevera a lápis: "Não pensava que a ideia da morte pudesse ser tão reconfortante".

Sugeri que meu pai viesse morar comigo, em Roma, mas ele sacudiu a cabeça:

– Não posso, tenho os meus estudos, e, além do mais, para você eu só seria um estorvo. Não conheço a casa, não conheço as ruas, não conheço ninguém.

– O senhor nunca será um estorvo para mim – eu disse, mas ele continuou a menear a cabeça.

Antes de partir, no entanto, fui ao canil e peguei para ele uma cadelinha bastarda de olhar esperto e cheia de vida.

– Adivinhe o que eu trouxe comigo! – falei, abrindo a porta de casa. Ele ficou por um momento imóvel, aí, iluminando-se, exclamou:

– Um cachorro!

A cadelinha pulou logo em seu colo, como se o conhecesse desde sempre, e começou a lamber-lhe desatinadamente o rosto. Meu pai, em vez de se defender do ataque das bactérias – a eterna ameaça para minha mãe –, passou várias vezes a mão na cabeça e no pescoço da cadelinha, repetindo:

– Bonitinha... Como você é bonitinha... Tem o pelo macio como seda, e o que parecem estas orelhas? Parecem botões de rosa... De que cor você é? Deixe-me adivinhar... Aposto que é branca.

Apesar de não ser um animal treinado, Laika – este foi o nome escolhido, como lembrança da renúncia a que tivera de se sujeitar no passado – já no primeiro dia tinha entendido o problema do meu pai e começou a se portar conforme a necessidade: nunca na frente ou entre os pés, sempre a seu lado.

– Obrigado pela Laika – disse na hora da despedida, apertando-me com força. Então, depois de uma pausa, acrescentou:

– E você? Tem alguém ao seu lado?

Fui vago.

– Não tenho tempo. Tenho trabalho demais.

– Lembre-se disto – disse, quando eu já estava nas escadas –, a vida continua. Não é bom para um homem ficar sozinho.

Eu estava sozinho? Talvez sim, talvez não. Depois do episódio da vidente, eu havia chamado um comerciante de móveis usados, entregando-lhe as chaves de nossa casa e dizendo:

– Pegue o que achar melhor e faça com o resto o que bem entender.

Três meses mais tarde saí do apart-hotel e aluguei um apartamento não muito longe do hospital. Como estava vazio, uma velha amiga se ofereceu para me ajudar a mobiliá-lo.

– Para certas coisas, só mesmo uma mulher – ela disse, e então, nos meus dias de folga, fomos andando a esmo à cata de móveis e enfeites, lâmpadas, lençóis e panelas.

Em um mês a casa estava pronta. Para lhe agradecer organizei um jantarzinho na minúscula varanda. Estávamos em junho, e, ao lado da mesa, havia um jasmim que espalhava perfume. Fizemos um brinde enquanto o exaustivo pôr do sol do incipiente verão tingia de rosa os telhados de Roma.

– A nós dois! – ela disse, e, automaticamente, repeti a frase. Logo a seguir nos beijamos. Na manhã seguinte, acordando ao lado dela, fiquei simplesmente agoniado. Não amava aquela mulher, não passava de uma velha e querida amiga, e nunca poderia ser outra coisa. Por que, então, eu havia superado a barreira da mais profunda intimidade?

Durante o desjejum quis ter uma varinha de condão para fazer com que ela sumisse num passe de mágica. Tomamos café em silêncio.

– Está com dor de cabeça? – perguntou, e eu aproveitei a dica para anuir. Ela se espreguiçou de leve:

– Para dizer a verdade, eu também. Deve ter sido o vinho...

Ficou então um bom tempo no chuveiro, e isso só fez aumentar minha irritação. Ao entrar no banheiro, reparei que o fundo do meu pijama se encharcara nas poças deixadas pela sua passagem. Mas, quando ela disse:

– No almoço quero preparar algo realmente saboroso –, respondi com a expressão dolorida:

– Sinto muito, mas acabou de tocar o bipe, precisam de mim no hospital.

– Posso esperar por você?

– Não me parece oportuno, as urgências podem durar até vinte e quatro horas.

Na manhã seguinte, comprei uma secretária eletrônica e comecei a viver escondido atrás daquela voz agradavelmente sintética.

Quando o vento fica soprando por vários dias, é nos cantos, nos espaços vazios, que se junta a sujeira – latinhas, garrafas e sacos plásticos fremem com qualquer aragem, estremecem ficando ali mesmo depois de as rajadas se aplacarem. Estava acontecendo exatamente a mesma coisa com o espaço vazio que você deixara em mim. No começo, o que reverberava nele era a sua lembrança – você já não estava, mas o eco que a contivera continuava presente. No momento em que o eco se dissolveu, a natureza, com suas leis, passou a dominar. A natureza, contudo, tem horror ao vazio – logo que o descobre, recorre a todas às suas energias para preenchê-lo – papéis, latinhas, material plástico e até sementes que brotam obstinadas entre as rachaduras do asfalto. O que deveria brotar naquele espaço vazio deveria ser eu mesmo, mas, para brotar, eu deveria antes de mais nada estar ali, e naquela hora Matteo não estava em lugar nenhum. Quem era Matteo? Eu já não sabia. Minha imaginação não era suficientemente sensível para poder perceber você de alguma forma diferente, então, eu revivia minha vida meticulosamente até aquele dia, continuando a me perguntar: O que fiz de errado? Por que o destino me castigou de maneira tão terrível? Fui um bom filho, um médico consciencioso, um marido apaixonado e um pai terno, nunca fiz mal a ninguém. Qual é o sentido, então, de ter sido justo, gentil, correto, cheio de amor?

O doloroso aturdimento dos primeiros dias estava começando a se transformar numa síndrome proveitosa – a da vítima. As lembranças de nossa vida – os rostos, os cheiros, as palavras já haviam desaparecido nos bastidores, e, no palco, como um monólito, aparecera a encenação de minha dor de sobrevivente. Eu ainda era um homem jovem, um bom profissional, relativamente atraente, e carregava nos ombros o fardo de uma tragédia bíblica. À minha volta havia um bom número de amigas e colegas que morriam de vontade de me consolar, mas, por trás daquele impulso humanitário, talvez houvesse outro ainda mais humano – estavam todas com mais de trinta anos, viviam sozinhas e seu corpo exigia com ardor a chegada de um filho. Eu procurava distração, e elas alimentavam esperanças. Passei vários anos de minha vida nessa gangorra de sentimentos.

Depois daquele primeiro episódio da amiga decoradora, nenhuma delas voltou a ter acesso à minha casa. Eu ficava dormindo na delas e, a certa altura, me levantava para regressar à solidão de minha toca.

Lembrando aquele tempo, voltam com frequência à minha mente os famosos versos de Horácio – "Fujo do que me persegue, persigo o que de mim foge". O fato de eu ser tão fugidio levava à exasperação minhas companheiras noturnas – a secretária eletrônica estava sempre entupida de chamadas –, algumas delas eram convidativas, outras interrogativas, e outras até imperativas. Às vezes podiam fazer cenas bem na porta de casa, ou esperavam por mim em prantos depois do turno de trabalho. Rapidamente, e quase sem me dar conta, deixara-me levar a um mundo até então estranho para mim: o da mentira. Mentia às minhas parceiras, mentia aos colegas, mentia ao meu pai, mentia a mim mesmo quando, de manhã, me olhava no espelho. Estava ficando mais gordo, mais inchado. Quando acordava, meu rosto estava marcado por olheiras cada vez mais visíveis. É a idade, dizia a mim mesmo, embora soubesse que não se tratava da idade, mas do álcool.

Começara naquela quinta-feira de Carnaval e nunca mais parara. No começo era só Campari, quem sabe tomado com algum colega, no fim do expediente, no bar do hospital. Ao Campari juntou-se o uísque da chegada em casa – abria a porta e em menos de um segundo já estava segurando a garrafa. Tomava o primeiro gole ainda de pé, o segundo, já esparramado no sofá. Quando então, depois de alguns meses, o barman perguntava de manhã:

– Como quer o café, pingado com conhaque? –, eu sorria, dizendo:

– Hoje pode ser – mesmo sabendo que todos os dias eram "hoje".

– Corra atrás, insista. Peça uma explicação – dissera naquela longínqua tarde o padre amigo de minha mãe. Mas pedir a quem? O meu céu estava vazio. Eu não era uma pedra, e, portanto, o sol não conseguia me esquentar. Mas o que resultava impossível para o sol, era possível ao álcool. Eu não era um seixo, mas um circuito elétrico – as minhas veias, os meus nervos eram a fiação através da qual a eletricidade corria veloz, soltando faíscas.

Nada parecia me interessar. As laterais do meu carro começaram a ficar cheias de arranhões. Certa vez, cheguei a ir à delegacia registrar seu roubo, pois não lembrava onde o tinha deixado. No hospital, a enfermeira chefe, preocupada, ficava ao meu lado com a fidelidade de um pastor alemão

– em minhas rondas de controle repetia em voz alta, diante de cada cama, a patologia e as medidas que já haviam sido tomadas.

– Você está fedendo – disse meu pai ao me ouvir entrar, certa vez que fui visitá-lo em Ancona. Enfiei-me imediatamente no chuveiro, mas, quando voltei à cozinha, ele comentou:

– Não era daquele fedor que você devia se livrar.

Então foi se sentar na pequena varanda com Laika no colo, afagando-lhe carinhosamente a cabeça; ela retribuía com um olhar cheio de adoração. Um rebocador estava entrando no porto.

– Você me decepcionou – disse então –, realmente me decepcionou.

Dezenove

No verão passado apareceu aqui em cima uma jovem. Vinha de uma grande cidade do norte – era extremamente vivaz, entusiasta e tinha ideias muito claras acerca da vida. Cursava o terceiro ano de psicologia e não via a hora de se formar para ser útil aos demais. Ajudou-me com paciência a capinar a horta de cenouras, aí sentamos para tomar o suco de sabugueiro que eu acabara de preparar. Estava curiosa e não tentava esconder, então, a certa altura, cruzando as mãos sob o queixo, disse:

– Não entendo. Não consigo entender. O senhor desistiu de ser médico, podia ajudar um montão de gente... Se estava cansado desse mundo, podia ir para a África, para a Índia, e em vez disso fica aqui, vivendo como Robinson Crusoé. Não acha que é uma escolha extremamente egoísta? De que adianta, qual é a utilidade de ficar aqui nessa montanha?

Uma vespa caminhava como um equilibrista na borda do meu copo. Com um graveto, tirei-a dali.

– Talvez as coisas que não servem para nada sejam as mais importantes.

Elena, era assim que se chamava, sacudiu a cabeça, perplexa

– Mas há uma verdadeira multidão de pessoas que sofrem! Como pode ficar insensível diante dos seus gritos?

– Quem disse que sou insensível?

– Mas então como pode resistir, por que não retoma sua carreira e vai à luta? Você poderia curar um montão de gente...

– Curar? – repeti.

– Isso mesmo, curar. Imagino que deve ter curado muitas pessoas, quando era médico.

Deveria ter respondido que "curar" e "consertar uma coisa que não funciona" são duas coisas totalmente diferentes, mas senti ternura por sua ingenuidade, então lhe disse:

– Claro, dei um jeito numa porção de corações.

– E então? Por que parou?

O sol estava baixando no horizonte. Acabei de tomar o suco de sabugueiro.

– Está na hora de juntar as ovelhas e levá-las ao aprisco – falei e, acompanhado por ela, encaminhei-me para a clareira onde pastavam calmamente. Ao ouvirem meu chamado enquanto eu batia palmas, ficaram logo enfileiradas começando a trotear para o abrigo.

– Mas que bichinhos bem-comportados! – observou Elena. – O senhor as treinou?

– Não – respondi. – É o instinto delas.

– Mas é verão, faz calor. O senhor não acha que elas prefeririam dormir ao relento?

Dei uma sonora gargalhada.

– Não, francamente não acho.

No dia seguinte Elena se foi, sem nunca desistir de sorrir. Na primavera, descendo até o correio no vale, no meio das outras coisas, encontrei uma carta dela com que me comunicava sua formatura – com louvor e notas máximas – e toda uma série de planos que, dali a pouco, tentaria pôr em prática. "Não entendo o senhor, mas mesmo assim lhe quero bem", escrevera no fim da página.

Até a escrita expressava seu temperamento, vital, cheio de entusiasmo – incapaz de ver as sombras. Ela mudaria no curso da vida? Seria, ela também, a certa altura, transformada pelas garras prevaricadoras do mal? Seria dividida, esfacelada, quebrada em mil pedaços até ser forçada, algum dia, a recolher os fragmentos e a tentar recompor as sobras? Por quanto tempo ainda continuaria a pensar que as ovelhas e os carneiros podiam dormir ao relento? Por quanto tempo continuaria ignorando que a noite está cheia de lobos, de raposas, de cães desgarrados, e que as pessoas só ficam curadas quando aprendem a vencer suas mordidas?

No dia em que meu pai me disse: "Você me decepcionou", fiquei realmente envergonhado, mas foi uma vergonha de breve duração. Voltando para Roma de carro, achei que por sorte vivíamos separados – no telefone eu podia mentir, ganhar tempo para tentar melhorar. Obviamente, estava cheio de bons propósitos. Amanhã vou levantar bem cedo, em vez do café pingado com conhaque, vou dar um longo passeio – comprei até um par de tênis para correr, que ficou intocado na caixa de papelão.

Meu pai telefonava com frequência. Acho que não acreditava nem por um instante nas mentiras que eu lhe contava. Recordava-me:

– Não esqueça que tem nas mãos a responsabilidade de muitas vidas, pode jogar às favas a sua, mas não pode fazer o mesmo com a sua missão.

– Minha missão é sobreviver – acabei rebatendo, certa vez. Do outro lado houve um longo silêncio.

– Se for assim – disse com voz pacata –, é melhor se matar de uma vez por todas.

Ficamos um mês sem nos falar. Quem acabou ligando, numa manhã de domingo, fui eu.

– Tenho novidades – falei. – Já não estou sozinho.

Ouvi claramente, pelo telefone, seu suspiro.

– Como ela é?

– Muito mais jovem que eu.

– Você a ama?

– Ela me ama – respondi.

Quando descemos, onde fica o fundo? Você pisa nos degraus, está convencido de que são os últimos, mas aí vira e vê que há outros – a escada continua para baixo, se enrosca sobre si mesma como o poço de são Patrício. Se eu continuar descendo – repete a si mesmo –, talvez acabe encontrando a saída, afinal de contas a terra é redonda, seguindo em frente sem parar vou sair em algum lugar. De vez em quando, na descida, encontra alguma tocha. Aquela chama ilumina a umidade das paredes – sente-se agradecido por aquele vislumbre de luz, segura o archote, carrega-o como se fosse um cometa. Larissa foi minha tocha. Primeiro tocha, e aí ferro incandescente. Além daquele degrau havia um muro. Não dava para seguir em frente – quem me permitiu dar meia-volta foi ela.

Larissa acabara de completar vinte anos, era originária de uma pequena aldeia nas montanhas da Romênia. Queria viver melhor, desejava estudar canto, e era por isso que viera à Itália. Enquanto isso, trabalhava num bar perto do hospital. Numa noite chuvosa – muitas vezes eu costumava ficar lá até tarde –, a motoquinha dela não pegava, e então eu lhe ofereci uma carona. Ela morava num bairro distante, na periferia, e no caminho tivemos a oportunidade de conversar. No dia seguinte nossos olhares eram diferentes, e depois de uma semana, passeando pela Villa Borghese, ela confessou seu amor por mim.

Por que, ao ouvir suas palavras, me detive e a abracei? Talvez por sua ingenuidade, porque despertava minha ternura, porque tinha vontade de protegê-la. E, talvez, porque eu também era um náufrago, porque, depois de tantos casos, a palavra "amor" – a candura com que ela a pronunciara – me levara a acreditar que a terra não estava tão longe.

– Larissa quer dizer fortaleza – disse a primeira vez em que dormimos juntos, e achei que nunca um nome poderia ser menos apropriado àquele corpinho de beija-flor. A ela concedi que dormisse em minha cama, a ela permiti que andasse descalça pela casa, ensaiando seus exercícios de canto. Vinha de uma família camponesa, e eu gostava de ouvi-la falar – a vida de seus pais lembrava a de meus avós. Há quanto tempo tinha desaparecido aquele mundo, há quanto tempo sumira o garotinho que pedalava pelos brancos caminhos de terra, entre os campos?

Ao ouvi-la, pela primeira vez comecei a ter saudade daqueles dias – e daquilo que eu era, naquele tempo. Minha mente estava aberta, curiosa. Eu observava as nuvens e procurava entender a razão das coisas – e quando achava que a tinha encontrado, como naquela longínqua noite de santo Isidoro, a paz tomava conta do meu coração. Por que motivo, a certa altura, eu rechaçara o mistério, empurrando-o para além do horizonte?

Você estava lá, e isso já bastava, mas, quando você se foi, senti-me subitamente só e perdido numa casa de espelhos – cada um refletia uma imagem diferente de mim mesmo, e eu já não sabia discernir qual era a verdadeira. Larissa me pareceu uma inesperada saída, uma tábua de salvação – a roldana pela qual deixar passar a corda que me levaria de volta para cima. Não a amava, o máximo que conseguia sentir por ela era uma espécie de ternura paternal. Era-lhe grato pela dedicação – qualquer coisa de que eu precisasse, ela estava sempre ali, pronta para me ajudar. Certa noite, um colega ao qual revelara o meu novo relacionamento foi logo avisando:

– Divirta-se à vontade, mas tome cuidado. O que elas querem mesmo é casar.

No dia seguinte não fui ao bar, e, quando ela ligou, fiz de conta que não tinha reparado no telefonema. O demônio da desconfiança tomara conta de mim. No domingo seguinte ela insistiu para sairmos juntos, e eu, embora dividido entre dois sentimentos conflitantes, aceitei. Enquanto estávamos voltando do passeio, encontramos alguns patrícios dela, e Larissa começou a falar apressadamente com eles sem que eu pudesse entender uma única palavra. A coisa deixou-me ulteriormente irritado, e, já em casa, quando a vi dirigir-se à cozinha com a segurança de dona da casa, segurei-a pelo braço.

– O que quer de mim? – berrei.

Naquele instante ela foi o que o nome indicava, a fortaleza:

– Só quero uma coisa de você – ela respondeu, fitando-me fixamente nos olhos. – Quero que pare de beber.

Vinte

A GRANDE MASSA DE LAMA SE SOLTARA DA ENCOSTA DO MUNdo e eu nem me dera conta. Continuava ali, de pé, convencido de que o terreno era sólido – gesticulava, ficava zangado, proclamava minhas verdades com a arrogância de quem sabe para onde está indo. E, enquanto isso, pouco a pouco, o desmoronamento se tornava cada vez maior. Pedregulhos juntaram-se à lama, e árvores aos pedregulhos. Tudo rangia, tudo estrondeava, e eu continuava a me portar como se fosse o dono do mundo.

– Por quê? – perguntei a Larissa no dia em que ela pronunciou aquela frase. Por um momento, ficou em silêncio, seus grandes olhos verdes haviam ficado de repente cheios de algo parecido com um doloroso assombro. Sua resposta chegou como um sopro:

– Porque eu amo você.

Ficamos algum tempo parados um diante do outro – como dois estranhos, prisioneiros do silêncio de um elevador. Então dei um passo adiante.

– Você realmente me ama?

Os olhos dela estavam extraordinariamente reluzentes.

– Sim.

Eu a apertei nos braços. Era lindo sentir suas lágrimas correndo tépidas pela face. Desgrenhei-lhe os cabelos.

– E por que você me ama? – murmurei em seu ouvido. – Não há nada realmente amável em mim.

Ela sacudiu a cabeça e enxugou os olhos com o dorso da mão.

– Porque eu vejo o Matteo que você não vê.

– Que Matteo?

– O que existia antes do desespero.

Naquela noite, abraçando-a, sentindo o cheiro dos bosques onde se criara, apreciando o perfume da lenha queimada que seus cabelos ainda exalavam, ouvindo sua voz argentina que, com a pureza do cristal, contrastava com a gravidade da minha, achei que tinha finalmente encontrado um porto seguro: uma base na qual assentar os alicerces que dariam novo alento à minha vida. Na manhã seguinte, fui o primeiro a acordar, preparei o desjejum e levei a bandeja para a cama; ela ainda estava dormindo, a pele tinha a cândida sedução das princesas dos contos de fadas; beijando-lhe o rosto, senti-me realmente um príncipe, só que os papéis estavam invertidos: dessa vez caberia à Bela Adormecida livrar-me do feitiço. Mais tarde, tendo-a a meu lado, despejei na pia todo o álcool espalhado pela casa, para então irmos até a rua, sempre juntos, jogar as garrafas na lixeira de materiais recicláveis.

Fomos almoçar na praia, em Fregene, e depois de comer demos um longo passeio à beira-mar, abraçadinhos como dois namorados. Estávamos no começo de março, durante a noite chovera abundantemente, o ar ainda estava frio, e nuvens carregadas e escuras corriam ao longe, no horizonte. Havia poucas pessoas na arrebentação – um garoto jogava um *frisbee* para seu cão, uma criança troteava entre seus jovens pais, que a erguiam de vez em quando para fazê-la voar, e sua risada se confundia com o rumorejar das ondas.

Enquanto caminhávamos, Larissa me disse que só havia visto o mar pela primeira vez um ano antes. Durante toda a sua infância apenas sonhara com ele. – É como um lago, mas muito maior – dissera-lhe certo dia o pai, mas mesmo assim ela não conseguia imaginá-lo. Tinha então encontrado na biblioteca da escola um livro de Andersen, e fora justamente a leitura de *A pequena sereia* que despertara seu amor pelo mar, além da paixão pelo canto.

– Mas devo confessar – disse então, apertando-me com força –, que ele também me dá muito medo, pois infelizmente não sei nadar.

Aí eu a levantei e fiz de conta que a jogava no mar.

– Não, por favor, pare – ela gritava, rindo. – Não quero aprender a nadar logo hoje.

– Está bem – eu disse, colocando-a no chão –, mas nesse verão eu mesmo vou lhe ensinar. Mas não aqui, não nesse mar feioso. Vou levá-la a Numana, onde também poderá conhecer o meu pai.

Naquele momento, entre a grande quantidade de refugos levados à praia pelas borrascas invernais, vi uma garrafa de vidro com tampa e a peguei.

– Já adivinhou o que vamos fazer?

Larissa bateu palmas como uma menina.

– Sim! Siiim!

– Mas não tenho papel – falei, remexendo nos bolsos.

– Eu tenho! – ela exclamou, tirando da mochila um caderninho de notas com ursinhos na capa. – E também tenho uma caneta!

Agachamo-nos na areia úmida. Eu segurava a esferográfica no ar como um aluno ainda inseguro na escrita.

– O que vamos escrever?

– O que acha?

– Que nos amamos?

Larissa anuiu com força.

– Não se esqueça de pôr a data.

Escrevi a data e aí desenhei um desajeitado coração com os nossos nomes dentro. Com a determinação de uma professora, botou o indicador no papel.

– Acrescente isto também: "E, em nome do nosso amor, a partir de agora nunca mais vou beber". Escreva e assine, pois do contrário não vale.

– Está bem – respondi, obediente. Aí, gritando ao mesmo tempo – Um, dois, três! –, jogamos a garrafa para o mar aberto.

O sol começava a baixar no horizonte.

Na volta, já a caminho do carro, ela apanhou na areia uma sandália deixada pelas ondas.

– Veja só todos esses objetos abandonados – disse, mostrando-a. – Chinelos, brinquedos, garrafas, latinhas. Antes de acabarem aqui, todos eles tiveram uma história. Alguém os escolheu, comprou, usou, e, quem sabe, também os amou. E agora não são mais nada, apenas refugos levados de um lado para o outro pela correnteza. Já imaginou se tivessem uma voz, se pudessem contar tudo aquilo que já lhes aconteceu?

No carro, com o cheiro da maresia ainda grudado na pele e a areia que chiava sob os pés, perguntou-me:

– Por que não me conta a sua história?

A mudança rangeu na hora de engatar a marcha à ré.

– Porque não há nada para contar.

Senti a mão dela roçar delicadamente na minha coxa.

– Não há uma história de dor que destrói seu coração?

Voltamos a Roma em silêncio, eu a acompanhei até sua casa, e quando, com um rápido beijo, ela desceu do carro e disse:

– Amanhã a gente se fala! –, não dei qualquer sinal de assentimento.

Chegando ao meu apartamento, saí logo a seguir para comprar numa loja ali perto aquilo que, poucas horas antes, eu derramara na pia.

Larissa não sabia nada de você. Não sabia de David. Não sabia coisa alguma do meu passado. Com o tempo, o vazio deixado por você se transformara numa catedral de granito, e essa catedral não tinha portas nem janelas – não havia como entrar nela, nem como sair. Uma parte de mim ficara aprisionada ali dentro, como os espeleólogos que se tornam vítimas de sua própria ousadia. No começo havia oxigênio e espaço suficientes para permitir os movimentos elementares do corpo. Mas aí as paredes de rocha começaram a se fechar, o ar ficou rarefeito – deveria ter saído de lá, para sobreviver, mas, ao contrário, preferi ficar ali mesmo. E aí começaram os processos de calcificação, eu cedia uma parte de mim à pedra em volta, e a pedra, por osmose, penetrava a minha carne. Com o passar dos anos, a parte viva transformou-se lentamente em granito, e era um granito enraizado nas profundezas da terra – tudo era escuro, opaco, surdo, capaz apenas de irradiar o gelo. A catedral de granito me tornava sedento. Era ela que me tornava mudo. Aquele fardo sinistro – que, como uma criança não nascida, eu vinha carregando nas costas havia mais de dez anos – aniquilara minha capacidade de agir, transformando-me numa vítima. De qualquer maneira, eu me acostumara àquele papel, criara até carinho por suas preguiçosas vantagens.

O que eu ainda não sabia é que, a certa altura, a osmose se inverte e, ao rosto da vítima, sobrepõe-se o do algoz.

Com Larissa, teve início então uma verdadeira gangorra – às fugas sucediam-se momentos de íntima entrega, e depois da entrega sempre aparecia a mentira. Por mais de um mês aparentei ter realmente deixado para trás a bebida. Na verdade, até que tentei, por uns dois dias, transformar aquele desejo em algo concreto, mas já depois de uma hora que estava no hospital o tempo começava a se dilatar de forma absurda, e duas horas pareciam um dia inteiro. Aquele tempo imóvel – aquele tempo monolítico no qual não conseguia dar nem um passo – deixava-me nervoso, irrequieto. Seria possível que ninguém mais fosse capaz de notar que o relógio parara? Levantava a voz facilmente, a ineficiência dos que estavam à minha volta me incomodava. Certa vez cheguei a gritar na sala de cirurgia – achei que alguém havia cometido um erro, mas o único erro era o leve tremor dos meus dedos.

Certa tarde, fui buscá-la no trabalho, e, já na hora de entrar no carro, Larissa se deu conta do meu estado.

– Você traiu nosso juramento – disse, e logo pulou para fora, como se o banco a tivesse queimado. Segurei-a pelo braço.

– Vamos lá, pare com isso, foi só uma rodada com os colegas.

Ficou de cara fechada até chegarmos à minha casa. Aí procurei beijá-la, mas ela me rechaçou.

– Não beijo bêbados!

A raiva tomou conta de mim. Segurei seus braços e comecei a sacudi-la.

– Quem você acha que é? – gritei. – Acha que me conhece? O que sabe de mim, afinal?

– Só sei que sou alguém que lhe quer bem – ela rebateu. – Acho que você é bem melhor que isso.

– Você está a fim de me salvar! – eu berrava. – Você é boazinha, um verdadeiro anjinho descido do céu.

– Sou apenas eu mesma.

– Então tire a máscara!

– Não tenho máscaras – respondeu com obstinada candura.

– Mentirosa! – gritei, jogando-a com toda força no sofá. – Mentirosa!

Dei as costas e saí batendo a porta.

Quando voltei, a casa estava vazia, não havia sinal dela, nem mesmo um bilhete. Na semana seguinte, com um lindo buquê de tulipas – suas flores preferidas –, fui buscá-la no trabalho.

Quanto tempo durou esse vaivém? Um ano, talvez um pouco mais. De vez em quando meu pai ligava, perguntando:

– Quando vai me apresentá-la?

– Muito em breve – eu sempre respondia –, estamos planejando um passeio a Numana.

Coube a ele, afinal, fazer-me uma surpresa. Tinha se aposentado, e, enquanto isso, também se formara, tornando-se um dedicado defensor dos direitos dos doentes. Chegou a Roma com uns papéis dos casos que estava tratando e fez questão de nos convidar para o almoço. Comemos ao ar livre, num restaurante perto da via Aurélia. Ele e Larissa conversaram o tempo todo, principalmente sobre música – a paixão comum dos dois. Já em casa, teve de insistir bastante para que Larissa cantasse alguma coisa. De pé na varanda, perto do jasmim, ela executou uma peça que estava preparando para uma próxima liturgia. Para se manter em forma, de fato, muitas vezes Larissa costumava animar as cerimônias religiosas de sua comunidade.

Antes de subir no trem, abraçando-me, meu pai murmurou no meu ouvido:

– Você encontrou um anjo.

Ajudei-o a galgar os degraus, acompanhando-o até o seu lugar. Fazia muito tempo que não o via com uma expressão tão radiante.

– Viu? – disse, antes que eu fosse embora. – A vida sempre recomeça.

"A vida tenta recomeçar..." teria gostado de responder, mas não tive ânimo de quebrar o feitiço, o encantamento que o dominava.

Nos dias que se seguiram, Larissa foi tragada pelas atividades religiosas. Antes de se entregar à tarefa, convidou-me a aparecer na igreja para ouvi-la cantar na missa do dia da ressurreição.

– Agradeço a intenção – respondi, dando-lhe um tapinha na face –, mas estou um tanto enferrujado nessas coisas.

Duas semanas depois houve a ponte de 25 de abril. Havíamos decidido tirar uns dias de folga e viajamos para a Toscana. Na última manhã, passeando pela nave destelhada da catedral de são Galgano, com o braço, ela apertou com força a minha cintura.

– Você não reparou em nada? – perguntou com voz alegremente brejeira.

Virei-me e olhei para ela.

– O que foi? Mudou o corte do cabelo? Alguma coisa nova na maquiagem?

Demorei-me bastante, observando seu rosto.

– É verdade, está um pouco mais redondinha.

Ela segurou minha mão, levando-a ao ventre.

– Pode sentir? Vamos ter uma criança.

Tirei minha mão daquele ventre como se estivesse incandescente. A primeira palavra que me veio aos lábios foi a mais boba.

– Por quê?

Larissa deu uma gostosa risada.

– Ninguém lhe contou que quando a gente faz amor nascem crianças?

No entanto, a caminho do carro, surpresa diante de meu repentino e sombrio mutismo, olhou para mim e me perguntou:

– Você não ficou feliz?

– Sim, claro que sim – respondi distraído.

– Então por que não nos abraça?

Obedeci, mas com um gesto meramente mecânico.

– Acontece que fiquei surpreso – acrescentei, procurando parecer humano. – Sinceramente, não esperava por isso.

Tínhamos direito a mais uma noite naquele hotel, mas eu, fingindo a costumeira emergência, consegui voltar logo para a capital. Sabia que não toleraria passar nem mais uma noite ao lado daquele corpo. Ali dentro havia meu sêmen, que estava crescendo – já fazia dois meses que a mórula se transformara em blastocisto, e aquilo que agora nadava naquele ventre não era muito diferente do minúsculo recém-nascido de um canguru. Eu não tinha tempo a perder, pois estava claro que não tencionava ter mais filhos – além dos dois que eu já guardava, enterrados em minha cripta de granito.

Ao chegar em casa, liguei imediatamente para o meu colega, dizendo:

– Ela está grávida, e agora?

– Eu bem que avisei, não foi? – ele comentou com uma risadinha nervosa. – Tome cuidado, é o que elas todas costumam fazer: engravidam para forçar o homem a dar o grande passo, o passo que vai levá-las ao altar. Procure usar sua lábia para convencê-la.

No dia seguinte, para induzi-la a perdoar minha reação rabugenta, convidei Larissa para jantar fora. Pedi uma garrafa de vinho encorpado e, no segundo copo, disse:

– Um filho é uma coisa maravilhosa, mas você tem certeza de que está preparada? Ainda é tão jovem... E, além do mais, o que será dos seus planos, do canto, dos seus futuros concertos? Acha que poderá conciliar isso tudo? Não é que eu não deseje ter um filho seu, mas talvez pudéssemos dar um tempo, pôr à prova melhor o nosso relacionamento.

A cada palavra minha, seu rosto, iluminado pelas velas, tornava-se mais branco.

– O que está querendo sugerir? – perguntou, deixando o cálice na mesa.

– Só gostaria que pensasse no assunto. E, se for o caso, tenho amigos no hospital...

– Se for o caso?

– O caso de você pensar melhor, de entender que, neste momento, seria quase uma loucura.

Larissa levantou-se com um pulo, derrubando a cadeira no chão.

– A única loucura é você – sibilou, e logo desapareceu, andando furiosamente na penumbra da sala.

Passei aquela noite bebendo, e o álcool, como o vento nas chamas de um incêndio, atiçou o monstro que existia em mim. No dia seguinte, eu a segui pela rua até a aula de canto e, antes que entrasse, comecei a esbravejar.

– Você fez de tudo para me encostar na parede, para me acuar – gritei, sacudindo-a. – E eu caí nessa como um idiota. Eu não quero filhos! Nunca mais! Não quero uma esposa e não quero filhos!

Ela se desvencilhou em silêncio e entrou no prédio de seu professor.

– Você precisa ser mais cuidadoso – meu amigo disse, quando lhe relatei o fato –, pois, do contrário, só vai dar com os burros n'água. Ela vai processá-lo e você ainda vai ter de lhe pagar uma pensão.

Então, na semana seguinte, atemorizado pela firme convicção do colega e pelos demônios que me dilaceravam, dei asas ao meu mais hipócrita lirismo e lhe escrevi uma longa carta. Tinha mudado de ideia, eu dizia, compreendera que um filho era justamente aquilo de que eu precisava naquele momento, e que ela era a única pessoa no mundo com a qual poderia tê-lo. Para que me perdoasse, me prontifiquei a levá-la ao hospital para facilitar os exames de praxe.

Ela ficou comovida com as minhas palavras.

Alguns dias depois, segurando a mão dela como o mais carinhoso dos maridos e dos pais, levei-a à unidade onde meu amigo trabalhava. Com o mesmo olhar amoroso, umas poucas noites depois disso, espalhei os resultados no sofá da minha casa e, abraçando-a, murmurei:

– Infelizmente tenho uma má notícia...

Larissa fitou-me com seus grandes olhos verdes.

– O que foi?

– Nosso filho é anencéfalo. Não tem cérebro.

Pude ver seu corpo de beija-flor se ampliando num profundo suspiro e depois se retraindo. Ficou pequena, miúda, e se encolheu apoiando a cabeça em meu ombro. Mostrei-lhe rapidamente a falsa ultrassonografia, descrevendo-a com termos assepticamente técnicos.

– É muito triste – falei então, acariciando-lhe os cabelos –, mas não precisa se preocupar, eu estou com você, farei o possível para resolver o problema.

Uma vez que estava de partida para um congresso, entreguei-lhe um envelope com dinheiro para as primeiras despesas, acompanhei-a até sua casa, e aí, com o meu carro, desapareci na escuridão da noite.

Vinte e Um

LEVANTO-ME COM O SOL E VOLTO PARA CASA QUANDO ELE SE põe. No inverno vou para a cama muito cedo. Por isso, na calada da noite, lá pelas duas ou três da manhã, já estou perfeitamente acordado.

Durante o longo tempo em que saí por aí como um andarilho, descobri que a noite é o momento em que a oração se apresenta com toda a sua força.

É bem no meio da noite que os monges – enquanto nós dormimos – se levantam e dirigem com fervor suas súplicas e seus agradecimentos ao céu.

Às vezes chego a pensar que sejam justamente aquelas palavras, pronunciadas no pano de fundo de nosso sono, que permitem que o mundo siga em frente: vigas, colunas que sustentam a abóbada celeste impedindo que desmorone sobre nossa cabeça. Só mesmo cegos e surdos não percebem o rangido, os perturbadores estalidos que acompanham nossos dias.

O que é o mal?

Tem um rosto?

Um nome?

Uma voz?

Ou, ao contrário, é algo silencioso, invisível, implacável, que penetra em nossos poros, mistura-se à nossa circulação, aos nossos ossos, ao nosso sistema nervoso, e, sem que percebamos, torna-se parte indivisível de nós mesmos?

Quantos males existem?

Há o mal mais rude, mais instintivo – a maldade dos violentos, dos assassinos – e também males mais sutis, a maldade dos manipuladores: os sujeitos que querem nos convencer de que uma vida dedicada ao poder é melhor e mais justa do que uma dedicada ao amor.

– Como uma pessoa pode se tornar tão sábia? – perguntaram-me certa vez.

– Só mesmo passando pelo inferno – respondi. – Para alcançar o cume, é preciso, primeiro, descer até o abismo.

– Mas como é possível sair do inferno? – insistiu meu hóspede.

– É preciso se entregar aos encontros e desencontros.

– Quer dizer que, para encontrar o caminho, precisamos primeiro nos perder? – perguntou perplexo.

– Isso mesmo, como o Pequeno Polegar no bosque – eu disse, sorrindo. – É preciso se perder para se reencontrar.

– E como sei que a trilha que escolhi é a certa, e não uma que me leva aos cantos mais sombrios da floresta?

Naquele exato momento – do bosque de verdade – surgiu a mulher que começou a chamá-lo com voz prepotente.

– Venha logo, Aldo! Veja, um quilo de cogumelos *porcini*.

Minha resposta ricocheteou nas costas dele.

Querida Nora, quando penso que você talvez tenha sido testemunha dos anos que se seguiram ao seu desaparecimento, não posso evitar um terrível sentimento de vergonha. Como pude mergulhar tão profundamente na lama? Evidentemente, em algum canto da minha pessoa escondia-se um ser desprezível. Enquanto você esteve a meu lado, permaneceu trancado em sua cela, mas aí, quando você se foi, a porta se abriu e o anãozinho começou a correr à solta dentro de mim, conquistando um espaço cada vez maior.

Nesses últimos anos, ouvindo as histórias de vida e as perguntas de tantas pessoas, percebi que um anãozinho – mais ou menos arrogante, mais ou menos atrevido – vive em todos nós. Algumas vidas, como a minha, são marcadas pelo toque do extremo; outras, em seu lento correr, amoldam-se a uma despretensiosa cotidianidade. Ainda assim, no entanto, ninguém é isento do choque com essa força que, com constante obstinação, quer nos rebaixar a seu mesmo nível mesquinho.

– O senhor era médico, cardiologista, não é? – perguntou-me certa vez uma jovem inquieta, atormentando sem parar uma mecha de cabelos.

– Isso mesmo.

– Consertava corações?

– Nos limites do possível.

– É o que continua fazendo até agora, não é? De alguma forma, continua dando um jeito nos corações.

– Com o bisturi era mais simples – respondi. – O que posso fazer agora, no máximo, é oferecer os instrumentos para o conserto. Todo coração, em sua parte mais secreta, esconde uma migalha de sabedoria – lembra um lugar, um momento em que foi feliz, e tem saudade daquele lugar ao qual gostaria de voltar, assim como as aves migratórias que, na mudança das estações, querem voltar ao seu país de origem. É só isso que posso fazer com minhas palavras: despertar a vontade de voar.

– E qual é o nome dessa terra, a terra prometida?

– Tem muitos nomes, mas uma só essência: a inocência, a admiração, a pureza do coração.

– Voltar a ser criança?

– Voltar aos olhos desprovidos de malícia, de corrupção. Aqueles olhos que, diante de qualquer acontecimento, não veem um meio, mas uma possibilidade de amor.

– Isso é muito difícil?

– É, sim. A gente pode levar uma vida inteira para voltar atrás, e às vezes uma vida não basta. Até quando você reencontra a pureza do olhar, precisa tomar cuidado, se manter atento, pois o anãozinho continua de tocaia, não suporta o fato de alguém ter fugido do mundo minúsculo onde queria aprisioná-lo. Quem faz de tudo para convencê-lo de que você chegou a algum lugar é ele, é ele quem insiste, dizendo: "Pode parar, você já chegou aonde queria". É por isso que precisamos tampar os ouvidos, como Ulisses diante das sereias, e seguir em frente, sem parar de caminhar.

– Mas caminhar em que sentido? – continuou perguntando a jovem.

– No sentido de habitar o silêncio.

Nos primeiros anos passados aqui, o silêncio dos meus dias e a impossibilidade de me distrair foram as coisas mais difíceis de suportar. Ainda trazia na carne as marcas do inferno que atravessara, ainda podia sentir o cheiro da pele queimada; de noite acordava sobressaltado, certo de ouvir o crepitar das chamas. Às vezes o fogo também aparecia em meus sonhos. Quase sempre era a fogueira do seu carro, ou então me parecia estar no meio de um incêndio – e, além das chamas, via Larissa com uma criança no colo, eu segurava um extintor, mas não funcionava, empurrava a alavanca, mas, em vez da espuma, com um assovio, só saía um fraco jato de ar. – Fujam! – gritava no sonho. – Fujam! – e acordava todo molhado de suor.

De Larissa, não tivera mais nenhuma notícia. De volta do congresso, encontrei o envelope com o dinheiro na caixa da correspondência, sem um bilhete sequer, sem comentários. Naquele mesmo dia, passando de carro diante do bar onde ela trabalhava, dei uma olhada para dentro, mas não a vi. Deveria procurá-la para me certificar de que tudo correra como eu esperava, ou deveria deixar que ela entrasse em contato comigo, se assim quisesse?

Essas dúvidas foram suspensas por um telefonema que me acordou na manhã seguinte. Era a polícia de Ancona. Meu pai havia sido encontrado morto, durante a noite, num banco dos jardins do Passetto. Não dava para saber ao certo quando acontecera, talvez no dia anterior. Estava sentado de chapéu na cabeça e óculos escuros no nariz. Parecia olhar para o horizonte. O que chamara a atenção dos transeuntes fora a cadelinha, que continuava a saltitar à sua volta latindo e puxando a bainha de suas calças. O corpo estava no necrotério, e o bichinho, no canil municipal.

Na hora do almoço eu já estava em Ancona, imóvel na porta assim como, dez anos antes, ficara imóvel na porta de nossa casa. – Papai... Papai – repeti várias vezes, como fazia ainda menino, quando voltava da escola. A palavra correu solta pelos aposentos até voltar e pousar, silenciosa, em meu ombro, como um falcão treinado. Na cozinha a mesa estava limpa, com a xícara de chá, o pires e a colherzinha colocados no escorredor, a tigela de Laika cheia de água fresca. O único barulho que se ouvia era o do relógio de parede que eu lhe dera de presente de aniversário, quando completara sessenta anos. *Tique-taque, tique-taque, tique- taque.* A pêndula continuava batendo, mas o coração dele havia parado.

O enterro foi no dia seguinte. Mandei colocar no caixão o seu sextante – aquele que o pai lhe dera quando completara catorze anos e que jamais pudera usar.

A igreja estava cheia, deviam ser amizades daqueles últimos anos, pois a maioria daquelas pessoas eu não conhecia. O celebrante era dom Marco, o padre com quem eu passeara certa tarde, quando você já tinha morrido. Como conhecia meu pai havia muitos anos, na homilia, em lugar de palavras vagas, falou longamente dele, de sua coragem, de sua generosidade, de sua retidão.

– Todos nós sabemos – acrescentou – que ele não era um crente, pelo menos como nós, mas também sabemos, todos que o conhecemos, que ele e sua vida são um exemplo com o qual só podemos aprender, nós que costumamos encher a boca com lindas palavras que, em muitos casos, se revelam totalmente vazias.

O silêncio comovido com que os presentes receberam as considerações do pároco era testemunho da verdade daquelas palavras. Na sacristia, antes de vestir os paramentos, o sacerdote me perguntara:

– O senhor quer falar também, quer dizer alguma coisa?

Eu sacudira a cabeça. Então foram os seus amigos, durante a celebração, que subiram ao altar e leram os bons votos. Quando um senhor idoso disse:

– Agradecemos, Senhor, a graça de nos ter presenteado com este homem bom: que a luz da vossa face o torne radiante –, alguma coisa dentro de mim começou a estalar.

Eu sabia que ele gostaria de ser sepultado em Zara, perto do pai e da irmã, mas não tinha aprontado as coisas no devido tempo. Afinal de contas, nunca pensara em seu desaparecimento como algo concreto. Nunca estamos realmente preparados para a morte de nossos pais. Então, foi enterrado no cemitério da cidade, ao lado de minha mãe.

Naquela mesma tarde fui buscar Laika no canil. Ao me ver, deu umas piruetas de felicidade em volta de si, mas logo que entramos em casa ficou triste. Ia para frente e para trás, da poltrona para a cama, da cama para a poltrona, sem parar. Aí chegava até a varanda e dali corria para o banheiro, olhando para mim com o focinho pontudo, quase a perguntar: "Cadê? Onde ele está?" Dei-lhe então o casaco do pijama do meu pai e ela o levou imediatamente para a sua cestinha, deitando a cabeça em cima e adormecendo logo: sentindo o cheiro conhecido, podia pelo menos ter a ilusão de que ele ainda estava ali.

Eu não podia me consolar com a mesma ilusão. Sentia-me cansado, perdido. Tinha a impressão de ter ficado muito tempo num daqueles carrosséis que rodam a toda velocidade com o pessoal lá dentro: quando você desce, parece então que o mundo inteiro continua girando, e não dá mais para confiar em nada.

Em vez de ir para a minha antiga cama, adormeci na poltrona. Fui acordado ao alvorecer por um navio que entrava no porto. Na luz do amanhecer, o apartamento mostrava toda a sua arrumação quase obcecada. Vivendo só e na escuridão, meu pai não podia aceitar nenhum tipo de desordem. Eu pretendia levar a cabo minhas obrigações burocráticas naquela mesma manhã, e então comecei a abrir as gavetas. As contas, os contratos, a caderneta de poupança estavam todos na cristaleira da cozinha. Ao lado, preso com um pregador de roupa, havia um envelope com meu nome escrito à máquina. Sentei-me à mesa e, com delicadeza, eu o abri com a ajuda de uma pequena faca. Laika, obviamente acostumada por meu pai, ajeitou-se na cadeira, diante de mim.

Querido Matteo,

Aproveito a gentileza de dom Marco, que se prontificou a bater à máquina o que tenho no coração, e que, de outra forma, não poderia expressar. Há cartas que um pai jamais gostaria de escrever, e esta é uma delas. Poderia ter falado com você, em sua última visita, mas sabia que, com a voz, você me enganaria.

O que não me engana é o cheiro que deixa atrás de si. Acabou se entregando, está indo à deriva, e isso dói no meu coração. Você aparece, conta que tudo vai bem, que sua carreira caminha de forma brilhante, às mil maravilhas. Fala, fala sem parar, e essa tagarelice, eu bem sei, é sinal de sua doença. Acha, por acaso, que sou bobo? Ou será que, de alguma forma, quer me proteger, está com vergonha de me mostrar a degradação à qual está se entregando? Isso é o que mais me machuca, pois sou seu pai e não um transeunte qualquer pronto a acreditar em qualquer lorota.

Sou seu pai, sou aquele que o gerou: como pode mentir para mim, como pode se esconder? Com esse seu comportamento, você faz com que eu me sinta completamente inútil. Já não tenho préstimo, não posso ajudá-lo, comigo você já não consegue abrir seu coração, porque nessa altura já não passo de um elemento da paisagem, de um pobre velho cego que só merece conversa fiada. Você existe por minha vontade, por vontade da sua mãe, como pode então pensar que não sou capaz de ampará-lo, que não sou capaz de segurar sua mão para caminharmos juntos, como quando era criança? O que mais é a paternidade a não ser esse contínuo amparo, essa contínua capacidade de regenerar quem por nós foi gerado?

Minhas noites são longas, intermináveis, pois aos meus olhos não é concedida a luz da alvorada. Então eu me lembro amiúde de sua infância, da primeira vez que apalpei seu rosto e o peguei no colo, quando, juntinho do meu coração, percebi as minúsculas batidas do seu. Lembro a primeira vez em que ouvi os seus passinhos ecoarem pela casa, incertos e temerosos no começo, e então rumorosamente atrevidos em suas corridas. Lembra-se de como gostava de passear comigo à beira-mar ou nos campos em volta da casa de seus avós? Certa vez, no primeiro ano do primário, você abraçou minhas pernas e disse: "Amo você, porque é um pai especial". "Especial? Por que especial?", perguntei. "Porque você me ensina tudo", você respondeu. Até nas discussões às vezes acaloradas de sua adolescência, como eu ficava feliz em reparar na sua independência de pensamento, no seu desejo de coerência! Não se contentar era uma peculiaridade do seu temperamento. Onde está essa parte de você? Está satisfeito com o que é agora? Fica contente em ver sua imagem no espelho? Deveria me contar, pois, se for assim, então quer dizer que errei tudo.

Houve a tragédia, é verdade. Uma tragédia horrenda, que mudou a sua vida. Mas, nessa altura, me sinto obrigado a perguntar:

Por que deixou que ela o mudasse? Será que não lhe mostrei, com o exemplo de toda a minha vida, que há uma maneira diferente de enfrentar as coisas? Acha que foi fácil para mim ver meu pai e minha irmã explodirem, acha que foi fácil ficar com aquela imagem gravada para sempre na minha já inexistente retina?

Você sabe muito bem que o meu sonho era me tornar capitão de navio, ainda criança ficava horas a fio no porto, para ver os cargueiros chegando. Não via a hora de me tornar adulto para poder realizar meu propósito. Mas o destino escolhera para mim algo diferente, e eu tive de me sujeitar. No começo foi duro, muito duro, mas depois, com o passar do tempo, compreendi que o destino nada mais é que o caminho que você tem de percorrer para encontrar a si mesmo. Portanto, cedo ou tarde, é preciso se conformar.

Eu ainda estava vivo, e a vida era para ser amada, construída, dia após dia, com sinceridade, firmeza e coragem. Era possível ser herói no convés de um navio, mas também se podia sê-lo sentado numa varanda, com o filho que, de pé, bem pertinho, declamava o nome dos navios.

Não são as coisas que fazemos que dão qualidade aos nossos dias, mas como as fazemos. E temos de fazê-las da forma mais humana, mais elevada possível. Deve haver dignidade e grandeza até no mais minúsculo gesto: nunca devemos aceitar a redução, o rebaixamento, uma vez que a vida é como o mar, com seus momentos de calmaria e de tempestade, e em ambos os casos a gente precisa saber que a coisa mais importante é manter-se firme no comando. Caberá à sua retidão fazer com que o navio chegue ao porto em segurança. Será graças ao fato de não se render, não ceder, que será possível salvar a carga, a tripulação e os passageiros que lhe foram confiados. O meu pai, com a sua vida, me ensinou a nobreza da alma, e eu tentei fazer o mesmo com você. Por isso lhe peço, Matteo, volte a ser você mesmo, não deixe nos meus ombros já cansados o fardo desse fracasso. Seja homem, corajoso, elevado em suas aspirações. Dê-me a alegria, num futuro próximo, de saber que está feliz, mais uma vez aberto para a vida e para seu contínuo renovar-se.

Mas não demore demais, pois começo a me sentir cansado. Não receio a morte, pois, quando ela aparecer, será a minha vez de desaparecer, mas, de qualquer maneira, ficaria triste em não ver o fim da história. Dom Marco sugere que, de qualquer forma, mesmo do além poderei assistir a esse desfecho. E o que mais poderei ver? Tudo aquilo que aqui não consegui ver, ele diz. Sorte dele, que acredita nisso!

Seja como for, espero poder ver, algum dia, as cores de todos os mares do mundo – os azuis-celestes, os esverdeados, os azuis mais intensos. Espero que o além seja amplo, calmo, cristalino e majestoso, como imagino que seja o Oceano Índico.

Seu pai,

Guido

Naquela mesma manhã, voltando da prefeitura, fui agradecer ao pároco.

– Encontrou a resposta? – ele perguntou.

– Não – respondi –, mas talvez comece a vislumbrar a pergunta.

No dia seguinte, com Laika, subi no navio da Adriática. De pé no convés, pela primeira vez pude ver a paisagem ao contrário: já não era o barco que se afastava, mas a casa da minha infância que pouco a pouco sumia, engolida pela linha do horizonte.

Vinte e Dois

O ESTALO QUE TINHA PERCEBIDO DURANTE O FUNERAL DO MEU pai nada mais era que a primeira rachadura que se abria na catedral de granito. Enquanto eu navegava para a costa da Croácia, a brisa do mar já depositava nela minúsculas sementes; sentia-me extremamente confuso, angustiado, mas, no fundo, também percebia uma saída: de tanto descer, talvez eu tivesse de fato começado a subir sem me dar conta, e a luz que eu estava vislumbrando era aquela do outro lado da terra.

Laika mantinha-se obcecadamente grudada em mim, e eu quase não conseguia enfrentar seu olhar cheio de confiança e devoção. Atrás de seus olhos cor de avelã, não podia deixar de entrever os olhos do meu pai, aqueles olhos que eu nunca vira – e que tampouco me tinham visto – e que mesmo assim haviam conseguido observar e entender tudo. Guardara a carta dele no bolso da jaqueta e, naquele exato lugar, sentia uma espécie de calor que se irradiava na pele. A vergonha era uma sensação até aquele momento desconhecida para mim.

– Que vergonha! – gritara minha avó quando, ainda criança, eu imitara as suas amadas orações com a falsa voz do louva-a-deus. Ela fora a única a pronunciar aquela palavra. O barulho de sua mão ossuda batendo em minha nuca voltara a ribombar em minha cabeça, acompanhado de suas palavras:

– Que vergonha! Não se brinca com essas coisas.

Eu estava apoiado no parapeito do convés da popa, observando a esteira de espuma que as hélices do navio deixavam atrás de si, ouvindo o comedido ronronar dos poderosos motores a diesel que pareciam dizer a mesma coisa: "Vergonha, vergonha, vergonha". Na hora de dormir, entrando na cabine, evitei cuidadosamente levantar os olhos para o espelho. Durante a noite o mar encapelou, e Laika pulou ganindo na cama. Por um momento, pensei: *Bom, até que seria uma boa hora para afundar*, mas logo a seguir fiquei horrorizado com tal pensamento. Eu já não havia afundado o bastante? De repente senti vontade de ser digno de meu pai, de seu amor, da confiança que nunca deixara de ter em mim – a confiança que, com meu cinismo, eu nem tinha sido capaz de vislumbrar.

Naquele exato momento, enquanto o navio rolava de um lado para o outro, no meu íntimo decidi dar um basta na minha vida e virar a página de uma vez por todas. Recomeçar tudo com o espírito que ele me ensinara. Aquela carta que queimava em meu bolso seria minha testemunha, seria o sinal – a marca incandescente – do que eu deixava para trás. Só abriria o envelope de novo quando as palavras deixassem de me provocar dor e aflição – quando uma parte de mim morresse definitivamente para deixar surgir uma nova.

Demorei alguns dias em Zara.

Fui procurar o túmulo do meu avô, da minha avó e de todos aqueles que haviam passado por aquela terra antes de mim. Andei pela cidade à cata dos lugares de que meu pai me falara – sua escola primária, o molhe onde ia pescar e ver os navios. Alguns edifícios ainda existiam, outros haviam sido devorados pela guerra.

Com um carro alugado, saí então para os campos, em busca da casa em que ele crescera. Encontrei muitos cartazes, muitos avisos que pediam para não descer, para não passear na campina, pois o terreno ainda estava minado.

Finalmente encontrei a pequena casa agreste onde ele fora feliz – os arcos das portas e das janelas eram de pedra e, no quintal, erguia-se uma enorme tília com os restos chamuscados de um caramanchão logo abaixo.

Era então esse o mundo que ele vira: aquelas formas e cores deviam ter sido as tábuas em que se agarrava quando a tinta preta da noite tentava invadir cada canto de sua memória. Acariciei o tronco da árvore, sentindo o calor da mão que, sessenta anos antes, se apoiara naquele mesmo lugar, brincando de esconde-esconde. No último conflito, a casa fora destruída por uma granada – não tinha mais telhado nem janelas, as marcas escuras do incêndio enegreciam as arquitraves; nas paredes externas ainda eram visíveis os buracos das rajadas de metralhadora.

No dia seguinte, num bar à beira-mar, enquanto esperava a chegada do navio, tomei um copo de Sangue Morlacco, o licor que ele tantas vezes mencionara porque, como o marasquino, era típico de sua amada cidade. Como me levara a sonhar – e a estremecer – aquele nome em minhas noites de criança! Parecia-me impossível que meu pai pudesse sentir saudade de uma bebida cuja falta só podia ser lastimada pelos vampiros. Tomei-o lentamente – afinal, o sangue juntava todas as coisas, e daquele sangue nasceria minha libertação. Deixando o cálice vazio na bandeja, sabia que aquela era realmente a última vez que o álcool entrava em meu corpo.

Uma eufórica excitação tomou conta de mim na viagem de volta. Finalmente enxergava um novo caminho que se abria à minha frente e, além de vê-lo, sentia em mim a força para percorrê-lo. Aquele caminho se chamava Larissa, o anjo que eu havia encontrado. De Zara mesmo telefonei para meu colega.

– Se ela aparecer por aí – falei –, detenha-a, explique que houve um engano, diga-lhe que estou chegando, que teremos a criança, que ficaremos juntos para sempre.

– Você andou bebendo? – ele perguntou, com o costumeiro sarcasmo.

– Nunca estive tão sóbrio – minha voz devia parecer muito agitada.

– De qualquer maneira, não precisa se preocupar. Ela ainda não apareceu por aqui.

Aquela resposta encheu-me de uma felicidade extraordinária. Então, tudo ainda era possível! Dentro de uma semana eu poderia dar um novo início à minha vida. Seria marido, pai, médico, como na época em que estávamos juntos, mas seria isso tudo com uma nova consciência, porque tinha experimentado as ervas daninhas da dor.

Como continuava sendo infantil, como continuava sendo tolamente prisioneiro de meu delírio narcisista!

Larissa não só não se apresentara para abortar, como também desaparecera do bar onde eu a conhecera. Seu apartamento tinha as janelas fechadas e, no interfone, ninguém respondia.

Pensei então em recorrer à embaixada, mas, na mesma hora em que consultava o número na guia, percebi que não sabia seu sobrenome. O dono e os fregueses do bar também o ignoravam, pois ela sempre trabalhara sem carteira assinada. Provavelmente, disseram, nem tinha visto de permanência na Itália. Comecei então a circular pelos lugares frequentados por seus patrícios, mas todos, diante de minha insistência, meneavam negativamente a cabeça:

– Larissa? Nunca vi. Nunca ouvi falar.

Um deles chegou até a dizer:

– Você tem mesmo certeza de que ela existe?

E quanto a mim? Eu tinha certeza de que ela realmente existira? Com o passar dos dias, até eu comecei a ter dúvidas. Na minha mente a pessoa não aparecia, pois, na verdade, eu nunca a vira. O que eu tinha visto haviam sido somente os meus fantasmas, as minhas projeções, o que eu queria que ela fosse – uma sórdida aproveitadora, ou um anjo capaz de me salvar. Dela, só me restavam uma minúscula camisola, uma escova de dentes, umas figuras de papel – que ela recortara de revistas numa tarde chuvosa – e uma fita gravada com seus ensaios de canto.

– Por que não tenta cantar também? – ela me perguntara certa vez.

– Cantar!? – exclamei, dando uma gargalhada. – No máximo conseguiria zurrar.

– Solte-se, ora essa – insistira –, lhe faria bem.

De um jeito bonachão, cheguei até a gozá-la:

– E por que a senhora acha que me faria bem, doutora?

– Porque quem canta não é você.

– Quem mais pode ser, então?

– O sopro de Deus está em todas as coisas. Quando você respira, respira o respiro dele. Quando canta, sua voz apenas acompanha a dele.

Paternalmente, rocei o dedo indicador na ponta de seu nariz.

– Sabe que não acredito nessas coisas.

Ela olhou para mim com tristeza:

– É uma pena.

Que voz teria gostado de ter, naquele momento, no silêncio sideral de minha casa vazia? A voz de alguém que pouco a pouco, lentamente, foi esfolado, a voz de quem ainda respira com um arpão em forma de gancho plantado bem no meio do coração.

Certa vez, quando ainda era menino, o colégio organizou um passeio ao jardim zoológico. Ali, atrás das espessas e reluzentes barras de uma jaula apertada, vi o primeiro lobo da minha vida. Estava sozinho e ia de um lado para o outro. Devia estar fazendo isso havia tanto tempo que o chão estava gasto – cinco passos para lá, meia-volta, cinco passos para cá. Mantinha os olhos no chão e a cabeça baixa entre os ombros. Como o próprio tratador contou, não parava nem mesmo à noite. Alguns dos meninos tentaram provocá-lo, mas ele continuou a andar, indiferente – para frente, aí para trás –, esperando que a morte, cedo ou tarde, viesse libertá-lo.

E agora eu era aquele lobo. Era aquele lobo e, ao mesmo tempo, era uma baleia com um grande arpão cravado nas costas. Deslocava-me no mar deixando atrás de mim um rastro de sangue. A dor movia todos os meus passos, e, a essa altura, era uma dor límpida, pura, absoluta, já sem raiva, sem inveja, sem lástima. Uma dor diante da qual só podemos nos curvar, na calma espera da morte. Emagrecia a olhos vistos.

– Deveria fazer uns exames – repetiam os amigos –, marque uma consulta.

Mas eu respondia dando de ombros. À noite, Laika se deitava a meu lado, na cama, e com seu pequeno corpo vibrante procurava me aquecer.

Uns dois meses mais tarde, fui convocado pelo diretor do hospital. Diante dele, na mesa, havia um volumoso calhamaço com meu nome em cima. Sem papas na língua, disse que meu comportamento profissional, que já fora irrepreensível, com o passar do tempo vinha se deteriorando cada vez mais. Tinha recebido muitas queixas acerca de minha conduta, e, segundo os relatórios dos meus colegas, em muitos casos só por um triz se havia evitado uma tragédia. A única coisa que eu podia – e devia – fazer era pedir uma dispensa, deixar o trabalho por um bom tempo até me recobrar. A diretoria, em seguida, decidiria com calma as medidas a serem tomadas.

Só então o lobo ergueu a cabeça, só nessa altura percebeu que o tratador estava lhe jogando as chaves.

Vinte e Três

Se eu tivesse de escrever uma carta a Larissa, em vez de fazê-lo a você, a primeira coisa que diria seria que, nestes anos, de alguma forma aprendi a cantar.

Canto quando estou sozinho e quando trabalho.

Canto à noite, quando acordo e o rádio oferece aos meus ouvidos todo o sofrimento do mundo.

Estou sozinho no quarto, mas o quarto do meu coração está cheio de gente – os náufragos, os aflitos, os desesperados, os famintos, as vítimas da violência, os que estão de barriga cheia e não compreendem do que têm fome. Estão todos comigo e eu os amparo com meu canto. Com eles, também acolho a dor de todas as criaturas que, embora não tenham o dom da palavra, conhecem a devastação profunda por ela provocada.

No verão, canto ao ar livre, e minhas palavras se perdem entre o regougo longínquo das raposas e o pio dos mochos.

Esta noite soube que um incêndio está destruindo os bosques do monte Carmelo. Então, além das pessoas, também recebi as árvores, as moitas, as borboletas, os pássaros, os animais da terra que foram imolados naquela imensa pira – fruto do desleixo humano.

E, com eles, acolhi a lembrança do profeta Elias que, naquela colina – com chamas que ninguém podia prever –, derrotou o exército dos idólatras.

Como todo elemento da natureza, o fogo tem duas faces – uma incendeia e destrói, a outra purifica e faz nascer nova vida. Elias derrotou os idólatras, mas os idólatras estão novamente entre nós, porque o que contém em si a semente dessa dolorosa urtiga é o nosso próprio coração. Basta uma chuvinha de nada para a erva daninha logo crescer viçosa, para cobrir triunfante tudo o que encontra em seu caminho. Como trepadeira vitoriosa, afunda suas pequenas raízes peludas, se insinuando em qualquer lugar, criando rachaduras, fendas e espaços vazios onde inserir seus mesquinhos horizontes.

Fiquei dois anos zanzando pelo país com a pequena Laika a meu lado. Era o que se poderia esperar do lobo finalmente livre: teria de percorrer muitos vales e montanhas para se juntar à sua alcateia. Eu não estava procurando meu bando, mas a parte de mim que eu havia perdido ao longo do caminho. Devia remontar ao momento em que, em lugar de ser duas ou três ou quatro pessoas, era uma só. Quando era Matteo e ponto-final. Quando olhava para as nuvens e lhes dava um nome. Quando achava que até os louva-a-deus sabiam rezar. A certa altura todos nós, ao longo da vida, encontramos um disfarce – e é justamente para esse ponto que devemos voltar de fósforos na mão. Fogo que destrói, fogo que regenera, fogo que purifica. Fogo que também é água. Água que irriga, que tira a sede, que faz nascer vida nova. Água que desce de nossos olhos e nos permite enxergar.

Ficava andando sem uma meta definida. De vez em quando pegava um ônibus, subia num trem. Vez por outra dormia ao relento, ou então em algum hotel, ou até mesmo na hospedagem de um convento. A todas as pessoas que encontrava fazia a mesma pergunta.

– Quem é Deus?

Recebi um grande número de respostas, todas diferentes.

– Deus é o sol.

– Deus é o vento.

– Deus é alguém que dá medo.

– Deus não é ninguém.

– Deus é felicidade.

– Deus é um patrão que não quero ter.

– Deus é o meu sexo.

– Deus é alguém que vai nos punir.

– Deus? Nunca passou pela minha cabeça.

– Deus é Papai Noel.

– Deus é uma voz que nos chama.

– Deus é um sonho da nossa mente.

– Deus é onipotente.

– Deus? Que Deus? O meu, o seu, o nosso, o deles?

– Deus é a causa da nossa existência.

– Quem é Deus? É um comediante que não estudou direito seu papel.

– Deus? É energia.

– É um sádico que esconde o rosto.

No segundo inverno de minhas andanças, o trem no qual viajava ficou parado no meio de uma planície por causa de uma nevasca repentina. Eu partilhava a cabine com Laika e com uma mulher um tanto idosa. As luzes se apagaram, assim como o sistema de calefação. A mulher tinha uma garrafa térmica com chá, e eu, meu saco de dormir. Oferecemo-nos nosso conforto recíproco e, suspensos naquele tempo-não-tempo, naquela intimidade improvisada, contamos nossas histórias um ao outro. Depois de umas poucas frases, descobri que ela também tinha um arpão invisível cravado nas costas. Nascera em Bolzano e, no começo da guerra, ainda muito jovem, parira Lea, uma menina portadora de síndrome de Down. O marido, representante da alta burguesia e mais velho que ela, convencera-a logo, com a ajuda de um médico, a internar a filha nunca clínica no Tirol. Naquele tempo sabia-se muito pouco das crianças acometidas pela síndrome, e deixá-las num lugar afastado, onde alguém tomasse conta delas, parecia ser a decisão mais acertada. Bem no fundo da alma, obviamente, ela sentia que a melhor decisão, para ambas, seria manter a menina a seu lado, mas era uma mulher, e era jovem demais, despreparada demais para conseguir impor sua vontade. O marido deixara a seu dispor o carro com o motorista, de forma que, uma vez por mês, ultrapassava a fronteira e ia visitá-la. Eram encontros breves e embaraçosos. Não sabia o que dizer, o que fazer. Ficavam numa saleta com a educadora.

– Aqui estou eu, mamãe chegou! – dizia, passando a metade do tempo desembrulhando os presentes que trouxera para a filhinha, mas Lea não se mostrava muito interessada. Fitava-a com seus olhinhos enviesados e continuava a rodar a grande língua na boca. Somente uma marreca de madeira colorida – que puxava atrás de si, presa a uma linha – conseguira despertar seu entusiasmo.

– Ela me entende? – perguntou certo dia à governanta.

A mulher deu de ombros:

– Um pouco, talvez. Do jeito dela, acredito.

A menina, de qualquer maneira, crescia e era bem tratada, sempre limpa, com roupa asseada, de aventalzinho xadrez e fitinhas nos cabelos. De vez em quando, tentava demover o marido.

– Lea anda – dizia – e fala.

Mas ele nem queria ouvir.

Crescendo, a menina revelara um temperamento alegre, sempre sorridente. Certo dia, correu para ela segurando um papel: com têmpera vermelha reproduzira a impressão da palma da mão.

– Um presente para mim? – perguntou a mãe.

– Sim, mamãe.

Era a primeira vez que pronunciava seu nome.

– Minha querida – disse-lhe, segurando-a nos braços e apertando-a com força. Ao beijá-la, pôde perceber seu cheiro. Cheiro de corredores longos e frios, cheiro de desinfetante, cheiro de sopas sempre iguais.

Ao voltar para casa, enfrentara o marido:

– Pelo menos no fim de semana! – gritou, mostrando unhas de pantera que ignorava ter. – Pelo menos um fim de semana por mês.

No fim ele acabou concordando.

– Como quiser – disse –, mas saiba que vai ser pior para ela. Você lhe deixará ver um mundo no qual ela jamais poderá viver.

Ela disse que nunca tinha experimentado tamanha felicidade em seu coração como naquela viagem. Levara consigo uma maleta vazia para guardar as coisas de Lea. No domingo a levaria para tomar chocolate quente numa confeitaria sob arcos. Encararia todos de cabeça erguida.

– Esta é minha filha, Lea – diria, apresentando-a orgulhosamente.

A história foi interrompida pelo fiscal do trem.

– Novidades? – ela perguntou.

– Nenhuma, enquanto durar a tempestade.

Através das janelas, na escuridão, vislumbrava-se uma paisagem completamente branca – branca e silenciosa. Eu percebia o respiro ofegante de minha companheira de viagem. Talvez fosse enfisema ou, quem sabe, o arpão que lhe perfurara as pleuras.

– E então? – perguntei-lhe, quando o fiscal saiu.

– E então eu nunca mais a vi – ela respondeu. – Não soube nem mesmo que fim levou seu corpo.

Seguiu-se um longo silêncio.

– Houve um remoinho na Europa – continuou –, um remoinho negro de loucura, de morte, o demoníaco vórtice da barbárie, da idolatria mais selvagem. Nós continuávamos a tomar chá, a comer bolinhos, a frequentar os concertos e nem nos demos ao trabalho de reparar. Enquanto isso, aquele remoinho, com seus tentáculos, circulava por aí agarrando suas presas na calada da noite, em silêncio, quem sabe até com o semblante bondoso da ciência, com o sorriso de quem opera para o bem da humanidade. Era preciso ser perfeito, e minha filha não era. A vida dela era inútil, irritante, roubava espaço vital de quem a ela tinha mais direito: aos altos, aos fortes, aos arianos que dali a pouco dominariam o mundo. Toda minha vida, no fim, acabou reduzida a uma única foto: o olhar dela, perdido, no caminhão que a levava à morte, atônita em sua repentina solidão. E aí a aflitiva certeza de estar indo ao encontro dos seus assassinos com a mesma confiança com que sempre corria para mim, sorrindo. No mundo de Lea não havia espaço para o mal.

Aí, com uma voz que parecia vir de um mundo extremamente distante, prosseguiu:

– Durante muitos anos não fiz outra coisa a não ser desejar a morte, mas, mesmo assim, nunca consegui realizar meu propósito. E sabe por quê? Porque queria uma resposta. Havia sido criada na crença de que Deus é bondade e onipotência. Onde estavam a bondade e a onipotência, enquanto Lea estava sendo seviciada, enquanto faziam experiências com seu corpo?

– Onde estavam? – perguntei.

– Simplesmente não estavam. E sabe por quê? Porque Deus não é onipotente. Durante milênios nos iludimos com essa ideia, como pintinhos no calor da incubadora, mas não é nada disso.

– Deus não pode tudo?

– Não pode coisa alguma, sem a nossa colaboração.

– E o que podemos fazer?

– Ficar ao lado dele, apoiá-lo, ouvi-lo. Consolá-lo.

– E onde Deus fica?

– Onde a gente o deixa entrar.

Naquela hora, gemendo, o trem retomou a marcha.

Vinte e Quatro

Naquela noite, a mais velhinha de minhas ovelhas pariu. Já esperava por isso, visto que a maioria dos partos costuma acontecer na lua cheia – e a de fevereiro é uma das preferidas. Às três da manhã fui ao aprisco, e Pina – é assim que a veterana se chama – já andava irrequieta de um lado para o outro. Sentei-me ao lado dela, de lanterna na mão, e, dali a pouco, envolvido na película brilhosa do saco amniótico, apareceu o focinho do recém-nascido; do focinho ao corpo inteiro só se passaram uns poucos minutos, aí a mãe começou a limpá-lo, lambendo-o com uma calma carinhosa. Não demorou para a pequena criatura levantar a cabeça, encostando o nariz no da mãe. Quando, ao alvorecer, voltei para dar uma olhada na situação, o cordeirinho já estava em pé, todo compenetrado em mamar – mamava e movia o rabinho com a serena segurança de quem se sente dono do mundo.

Todas as crias são bonitinhas, mas nos filhotes das ove lhas sempre se percebe algo especial – são felicidade e candura em cada instante de sua existência. Quando vão pastar, correm, perseguem-se, competem animadamente para conquistar o lugar mais alto – um banquinho, um balde virado, uma saliência do terreno – e, lá de cima, se empurram, escoiceiam, pulam de repente dando pinotes bizarros. Mas, logo que desponta no horizonte qualquer forma de ameaça, correm imediatamente em busca de abrigo entre as pernas da mãe. Em poucos momentos – mesmo que sejam cem, duzentos, trezentos – todos encontram no rebanho aquela que os botou no mundo. E fazem o mesmo na hora de comer – as mães chamam, e eles respondem. No pasto desce então o grande silêncio da mamada e, depois do silêncio, ouvem-se somente vozes baixinhas, alguns leves balidos, enquanto os filhotes – de olhos meio fechados e patas dobradas sob o corpo – tiram uma soneca na sombra daquela que os gerou.

– Como é possível matar uma criatura dessas? – perguntam amiúde as pessoas da cidade, quando passam por aqui.

– Como é possível imaginar a vida sem a morte? – eu então respondo.

Olham para mim, perplexas. Algumas chegam a oferecer dinheiro – querem adotar um carneirinho para que viva até o fim de seus dias.

– Mas eu não os mato – digo para tranquilizá-las –, enfim, de qualquer maneira, sempre chega o dia em que somos forçados a fazê-lo.

– Por quê?

– Porque, para muitas ovelhas, um carneiro já basta. É uma lei da natureza.

– Mas então a natureza é cruel – respondem, indignadas.

– A crueldade é a primeira resposta.

– E a segunda?

– É o pedido para que a compreendamos.

Sabe de uma coisa? Talvez só aqui em cima – nesses quinze anos de afastamento e reflexão –, pude realmente me dar conta do sentido profundo de sua necessidade de solidão pela manhã. Sem solidão, não há a menor possibilidade de entendermos o sentido do tempo. E, quando a gente não compreende o sentido do tempo, não pode entender o sentido do homem. Assim como o carneiro é alimentado pela mãe, nosso tempo é alimentado pelo eterno. Colocar-se fora dessa maternidade significa afastar-se de qualquer possível resposta provida de sentido.

Você apareceu na minha vida e aí, de repente, desapareceu, e eu, durante muitos anos, corri furiosamente atrás daquilo que havia perdido, sem perceber que não é na ausência em si que eu devia me concentrar, mas no sentido que aquela perda tinha na duração dos meus dias.

Você saiu de cena para que eu pudesse crescer.

Enquanto não compreendi isso, seu sacrifício foi inútil. Dizer uma coisa dessas é terrível – tão cruel quanto a lei dos cordeiros –, mas é isso mesmo. Na vida interior sempre caminhamos tendo a morte ao nosso lado – a morte das pessoas que amamos e a morte daquelas partes de nós que precisamos eliminar para seguirmos em frente. Por muitos e muitos anos, fiquei apegado à sua memória como se fosse a tábua de salvação de um náufrago. Você não se tornara nada mais do que o fetiche ao qual dedicar as partes mais fracas de mim mesmo. Só comecei a senti-la novamente viva quando substituí a raiva e a comiseração pelo sentimento de gratidão. Coube a você preencher, com seu amor, o espaço vazio que eu tinha em mim, a sua luminosidade interior também foi a minha. Por mais que eu tenha tentado – por tempo demais

– preencher aquele vazio com lixo, a certa altura reapareceu a saudade daquela luz. De onde vinha? De que forma poderia fazer com que você vivesse novamente em mim?

A conversa com a mulher do trem foi o ponto fundamental. Durante meses a fio, perambulando, voltei a pensar nas palavras dela. Quando cheguei nessa montanha com Laika e a vi correr feliz, decidi parar, consertar, ouvir, consolar. Não podia fazer nada disso continuando a errar como um andarilho. Não tinha livros comigo, nem grandes ideias ou projetos a serem realizados – o único sentimento que me animava, àquela altura, era a boa vontade. Eu queria mudar, queria transformar o sofrimento e a destruição em algo diferente. Queria consertar – embora não soubesse exatamente como – todo o mal que tinha feito. Queria descobrir onde ficavam as minhas portas, onde estavam as minhas janelas, para tentar abri-las.

Um dos primeiros sinais foi entender, de repente, o que lhe acontecera. Era o outono do primeiro ano, e eu estava catando lenha no bosque de faias quando, com um estalo seco, um pesado galho morto se separou da árvore e caiu aos meus pés. Flora, a médium, tinha dito que você não se matara. Naquele instante dei-me conta do motivo de sua morte – o mais simples, o mais banal –, aquele do qual, como médico, deveria ter desconfiado havia muito tempo. Você tivera um aneurisma. O carro saíra da estrada porque você já não estava consciente. A sua mãe, afinal, também não tinha morrido assim, um ano depois do nosso casamento? E, subindo no carro, você não tinha dito: "Estou ficando com uma dor de cabeça terrível"?

Compreender finalmente o motivo de sua morte trouxe-me uma grande paz e, com essa sensação nova me aplacando, comecei a cuidar das tarefas do dia a dia. Trabalhando com as mãos, consegui, lentamente, livrar a cabeça de todas as coisas inúteis e supérfluas. De mente limpa e aberta, consegui finalmente entender que até então eu não tinha visto a realidade, mas apenas o que eu queria que fosse a realidade. Depois de três meses, o véu diante dos olhos dos recém-nascidos começa a se dissolver. Eu me sentia do mesmo jeito – uma criancinha com três meses. Via as coisas e ficava deslumbrado com sua beleza. Esta é uma folha, ficava me repetindo, esta é uma bolota, e esta obra-prima de maciez e calor é um ninho de abelheiro. Não parava mais de ficar admirado. Perguntava a mim mesmo onde tinham ficado aquelas coisas todas, até então, e logo me respondia com outra pergunta: onde é que eu ficara?

Na primavera seguinte, Laika morreu. Apagou-se devagar, de velhice, deitada na cestinha diante da lareira. Em seu olhar já descera havia algum tempo o branco véu da catarata, mas ainda ouvia muito bem.

Quando me dei conta de que a vida a estava abandonando, sentei-me perto dela e, por um dia e uma noite inteiros, fiquei a seu lado, afagando-a. Contava-lhe todas as coisas que havíamos feito juntos, e ela, de vez em quando, abanava fracamente o rabo, quase a dizer "sim, sim, eu também me lembro". Ao amanhecer, começou a respirar mais ofegante. Foi aí que murmurei em seu ouvido o nome do meu pai:

– Guido...

Laika levantou as orelhas, suas orelhas botões de rosa, e começou a abanar o rabo vigorosamente. Logo a seguir emitiu um pequeno gemido e seu corpo foi acolhido pelo gelo da morte.

Sepultei-a naquela mesma manhã perto da horta, e, com ela, também enterrei a carta de meu pai, que durante aquele tempo todo ficara em meu bolso.

Na mesma noite pude rever ambos. Seus corpos eram diferentes do que haviam sido em vida. Mais que de matéria, pareciam feitos de folhas de faia – as folhas do outono, quando o sol roça nelas e as transforma em pequenas chamas douradas. Não faziam coisa alguma, não diziam nada, limitavam-se simplesmente a caminhar numa luz que até então eu não conhecia. Acordei sobressaltado, não por causa do barulho, do medo, mas porque meu coração havia começado a bater de forma diferente, do mesmo jeito bizarro que acontecera quando senti o seu perfume na saleta da vidente. Daquela mesma forma, pensei, devia ter batido o coração do cão Argo, quando, perdida qualquer esperança, vira aparecer novamente no limiar seu amo Ulisses. O amor que espera, o amor que acaba sendo recompensado pela volta.

Com o passar dos anos, dei-me conta de que o eterno, em alguns casos, irrompe no tempo. Irrompe sem teorias, sem planos, sem contagem de pontos ou balanças. Irrompe e mostra o fogo escondido nas coisas. O fogo que é motivo da nossa alegria. Está lembrada? "Acho que uma folha de grama não vale menos que um dia de trabalho das estrelas." Dia após dia, compreendi o sentido daquelas palavras que você tanto amava; aprendi a ver a pequena chama que arde em tudo o que existe ao nosso redor. Nos seixos, nas folhas, nas flores, nos corvos, nos gatos, nas abelhas, nas árvores, nas borboletas, em toda semente que brota, em toda estrutura mineral:

em toda criatura que surge no mundo permanece uma fagulha da luz original.

Viver, afinal de contas, é apenas isto: ver a minúscula chama e fazer o possível para que ela não se apague.

Quando alguém sobe até aqui e me pede uma receita, um caminho para alcançar a felicidade, muitas vezes não posso evitar um sorriso.

– O caminho é a vida.

Essa minha resposta não os deixa satisfeitos. Gostariam de algo grandioso, claro, seguro. É preciso ser como cordeiros deitados na sombra da mãe para perceber que não há onipotência no amor, mas, antes, o encontro de duas fragilidades. Só quando você se dá conta disso, quando se rende, todas as coisas dos seus dias se ajustam.

No outono passado, enquanto alimentava as galinhas, vi aparecer uma figura na clareira, ao longe. Era uma quarta-feira, dia em que normalmente ninguém passa por aqui, e por isso mesmo fiquei maravilhado. Quando chegou perto e me cumprimentou, percebi que era um rapaz bastante jovem. Trazia consigo uma mochila e aparentava um jeito ao mesmo tempo tímido e atrevido. Apertou minha mão com vigoroso e súbito impulso.

– Olá, meu nome é Nathan, posso ficar aqui por alguns dias?

Em seguida, explicou-me que era um dedicado ornitólogo, e que subira até ali em cima para observar os pica-paus do bosque ali perto. Fiquei surpreso: era a primeira vez que alguém me fazia um pedido daqueles. De qualquer maneira, repeti o que digo a todos:

– À vontade, a minha casa é sua.

Ajeitou-se no beliche e, naquela mesma tarde, quis logo ir à floresta.

– Procure não se perder! – gritei enquanto se afastava, logo antes de vê-lo desaparecer entre as árvores.

Voltou ao anoitecer e se sentou num canto, tomando nota do que vira num caderninho. De vez em quando eu tinha a impressão de que me observava, e, quando nossos olhares se cruzavam, apesar da penumbra, cheguei a desconfiar que corasse. Durante o jantar tive de lhe arrancar as palavras da boca. Morava em Milão, frequentava o penúltimo ano do secundário; tencionava estudar biologia, engajar-se em algum movimento para salvaguardar a natureza. Falando de sua paixão, começou a se soltar, a se empolgar:

– Como é possível que alguém viva no mundo como um alienado, sem lutar para transformá-lo num lugar melhor? No Oceano Pacífico há um continente duas vezes maior que os Estados Unidos, formado exclusivamente de matéria plástica jogada fora! Como é que alguém pode dormir tranquilo sabendo disso? Uma garrafa pet demora mais de quinhentos anos para se desfazer, só uma delas! Como é possível continuar a consumir e a destruir como se a coisa nada tivesse a ver conosco? Tem a ver com quem, então? Não podemos continuar parados.

– O que há lá fora – respondi – nada mais é que o reflexo do que temos por dentro. Se continuarmos a tratar nosso interior como uma lixeira, não poderemos certamente pretender que, num passe de mágica, o mundo externo se transforme num jardim.

O rapaz continuou então a falar de sua paixão pelo mar.

– É uma coisa bastante estranha – disse –, pois embora tenha nascido em Milão, no meio da neblina e da fumaça, desde criança não fiz outra coisa a não ser sonhar com o mar. Talvez acabe me especializando em biologia marinha. Enquanto isso, nesse verão, vou embarcar num navio e participar como voluntário de uma missão para salvar os golfinhos. Eles confundem os sacos plásticos com águas-vivas, os comem e depois morrem sufocados.

– Você tem um nome estranho – observei depois de uma pausa. – Algum antepassado seu se chamava assim, ou foi uma simples escolha dos seus pais?

Nathan deu de ombros com displicência.

– Quem o escolheu foi a minha mãe, sem querer saber se eu concordava, obviamente – acrescentou sorrindo.

– Você não gosta do seu nome?

– Teria preferido algo mais simples.

– É o nome de um grande profeta.

Ele se espreguiçou, bocejando.

– Eu sei, Nathan, o criador de casos, o que estragou os planos de Davi. Seja como for, não é que atualmente os profetas gozem lá de grande admiração.

– Os profetas nunca gozam de admiração – respondi, antes de me despedir para dormir.

Naquela noite não consegui pegar no sono. Por mais difícil que fosse admitir, havia alguma coisa nele que me deixava perturbado. Ouvia o seu roncar baixinho e me sentia cada vez mais inquieto. Quando, na manhã seguinte, reparei que guardava com precisão meticulosa as xícaras e a chaleira no escorredor perto da pia, a inquietação se expandiu como uma mancha de óleo.

Naquela manhã eu mesmo decidi acompanhá-lo em suas andanças pela floresta. Avançávamos entre o farfalhar das folhas, quase sem trocar palavras. Vez por outra, contava-lhe histórias daquele bosque, que eu conhecia como a palma de minha mão, e ele ouvia em silêncio. De vez em quando ele fazia perguntas acerca da presença de texugos, da floresta e das condições de saúde dos cabritos monteses. No caminho de volta, suas pernas longas levavam-no a me deixar para trás. Quanto mais as passadas dele mostravam segurança, mais as minhas se tornavam, a cada metro, incertas.

Na hora do jantar – com uma falta de jeito que havia muito não me era peculiar –, tropecei, derramando a sopa. O rapaz me ajudou a limpar a mesa e aí, vendo meu desânimo, procurou me consolar:

– Não se aflija! A gente precisa se conformar – disse, dando de ombros.

Naquela noite, logo que ele adormeceu, fui ao estábulo para me acalmar.

– Conhece o significado do seu nome? – perguntei-lhe na manhã seguinte, quando apareceu diante de mim de cabelo ainda todo desgrenhado e de jaqueta amarrotada.

– Claro. Deus doou.

Houve um longo silêncio, aí, com algum esforço, criei coragem e perguntei:

– A sua mãe canta?

Quando respondeu que "sim", senti-me repentinamente tomado por uma extrema fraqueza. Por algum tempo os olhos dele erraram inseguros pelo lugar, tentando evitar o meu olhar, igualmente perdido.

– Por que veio para cá?

– Assim, por curiosidade. Porque não é bom levantar todos os dias sem conhecer o rosto do próprio pai, sem saber o que aconteceu antes de a gente nascer.

Então ele contou que Larissa se casara com um violinista da Scala de Milão, que também tivera uma filha, Cecilia, e que continuava a cantar.

– Você me despreza, tem raiva de mim? – perguntei enquanto, de costas, ele lavava a chávena.

– Minha mãe me ensinou a não julgar ninguém.

Aí aprontou a mochila.

– Os pica-paus eram uma desculpa? – perguntei, enquanto ele arrumava suas coisas.

– Não – respondeu. – Meu interesse por eles é verdadeiro.

Acompanhei-o até o limiar da clareira. Meus pés pareciam pesar como pedras, e meu coração também era de mármore, oprimido por uma angústia que nunca experimentara antes. Quando perguntei:

– Vai voltar? –, não me surpreendi com a fragilidade ansiosa de minha voz.

Nathan sorriu; tinha o mesmo sorriso de meu pai.

– Não acha engraçado? – observou.

– Engraçado? Por quê?

– Parece que a história se inverteu.

– Que história?

– A do Filho Pródigo. Na parábola, o rapaz saiu de casa e coube ao pai perdoá-lo quando ele voltou. Aqui, por sua vez, quem vai embora é o pai, e é o filho que tem de procurar por mares e montanhas para encontrá-lo – e deu uma gargalhada. – Não há mais religião, o mundo está realmente de cabeça para baixo. Quem deve pedir perdão aos filhos, agora, são os pais.

Estávamos em pé, um diante do outro. Tinha vontade de segurar as mãos dele entre as minhas, como meu pai fazia; tinha vontade de abraçá-lo. Quando falei:

– Perdoe-me –, um intenso rubor inflamou-lhe o rosto.

– Já o perdoei – ele respondeu, com um inesperado tremor na voz. – Já o perdoei, embora tenha se portado como um bastardo. Mas – continuou após alguns instantes, com o costumeiro sorriso irônico – não espere que eu mande matar o porco mais gordo. Nem o bezerro, nem o carneiro, nem tampouco uma galinha. No máximo, para festejar, matarei uma berinjela, já que sou vegetariano.

Por uma fração de segundo ficamos parados, levemente inclinados um na direção do outro. Havia desejo e temor, por parte de ambos, então nos deixamos sem nem mesmo o mais rápido abraço.

Só quando já estava no meio da descida, longe do perigo de uma emoção que não conseguiria controlar, ele se virou para mim e gritou:

– Sim, voltarei.

Acenou com a mão aberta, antes de desaparecer no fim da encosta. Retribuí com o mesmo gesto.

Já sozinho, comecei a correr para o bosque. Estava a ponto de explodir e precisava de proteção. Parei diante da primeira grande árvore que encontrei, encostei a fronte na casca e comecei a soluçar, em prantos. Chorei naquele tronco todas as lágrimas da minha vida, doei àquela faia todos os abraços que nunca lhe dera, e aquela tora prateada acolheu toda a minha dor. No fim, exausto, deixei-me cair entre suas raízes como um cordeiro entre as patas da mãe, deslizando para um sono rápido e profundo.

Quando acordei, sentia-me leve, extraordinariamente leve. Fora do bosque, brilhava a luz do meio-dia.

Ao chegar ao aprisco, voltou à minha memória o rosto de uma mulher idosa que eu havia encontrado numa pequena aldeia perdida, durante minhas andanças. Vestia roupas pretas e estava sentada num banco; tinha mãos nodosas, gastas de tanto trabalhar, e, com aquelas mãos, segurava um cajado.

Decidi me sentar ao lado dela, e, quando lhe perguntei:

– Quem é Deus? –, ela respondeu:

– Deus é uma criança de quem precisamos trocar as fraldas.